Tiana & Coel

von

Natascha Vuleta

1. Auflage, 2020
© 2020 Vuleta, Natascha
Herstellung und Verlag: BoD – Books on Demand, Norderstedt
ISBN: 9783751932288

Lektorat: Lektoratsbüro Steigerwald
Korrektorat und Satz: Verena Schagerl
Umschlaggestaltung und Cover: Philipp Pfleger

Natascha Vuleta
c/o AutorenServices.de
Birkenallee 24
36037 Fulda
Es werden keine Pakete angenommen.
Für Pakete bitte gesondert via Kontakt oder E-Mail anfragen.
www.nataschavuleta.at

Tiana & Coel

von
Natascha Vuleta

Für meinen Mann.

Für meine Testleser,
die mich durch das Buch begleitet haben.

Danke an meine Lektorin und meine Buchsetzerin für die Zusammenarbeit. Danke an meinen Mann für das wunderschöne Cover. Danke auch an meine Testleser.

Inhalt

Prolog

Coel

Die Nacht war nass, kalt und leicht matschig vom Schnee, der zu tauen begann. Viel zu schnell war Coel auf der Landstraße unterwegs, doch er war ohnehin schon zu spät. Das schien auch sein Volleyballkollege Leo bemerkt zu haben, der ihn gerade anrief.

«Wo steckst du?», schnauzte ihn dieser über die Freisprecheinrichtung an, als Coel abhob.

«Ich bin schon unterwegs. Bin in circa zehn Minuten da.»

«Gut. Hier warten schon alle auf dich. Du bist auch der Einzige, der es schafft, zu spät auf seine eigene Party zu kommen», höhnte Leo.

Coel konnte sich ein Lachen nicht verkneifen. «Ja, ich weiß. Aber ich bin ja gleich da. Ich muss jetzt aufhören und mich konzentrieren, ich sehe kaum...»

Noch bevor Coel den Satz beenden konnte, tauchte vor ihm ein riesiger Lkw auf. Coel erschrak, machte eine Notbremsung und geriet ins Schleudern. Auch der Fahrer des Lastwagens hatte sein Fahrzeug nicht mehr unter Kontrolle und bremste ab. Dabei schlitterte der hintere Teil nach vorn, sodass der Lkw die gesamte Straße blockierte. Coel wurde herumgewirbelt und sein Auto krachte mit voller Wucht gegen den Anhänger des Lastwagens. Sein Airbag blies sich auf und knallte ihm ins Gesicht. Er spürte noch ein paar weitere Schläge, bevor er fühlte, wie etwas Warmes an seiner Schläfe hinunterrann, und er das Bewusstsein verlor.

.. .. ..

«Coel», rief ihn eine unbekannte Stimme.

Langsam erhob er sich von dem weißen Boden, auf dem er gelegen hatte, und blickte sich orientierungslos um. Es war hell, sehr hell und überall waren bunte Lichter. Er konnte nicht sagen, woher sie kamen, doch es schien, als hätten sie zu ihm gesprochen.

«Wer ist da?», fragte Coel verwirrt.

«Wir sind die Begleiter, Beschützer der Welten.»

«Wer?», fragte Coel immer noch unwissend.

«Wir sind Licht, Energie oder Engel, wie ihr uns nennt.»

«Engel? Bin ich tot?» Ihn beschlich ein ungutes Gefühl.

«Nein. Du bist in einer Zwischenwelt.»

«Zwischenwelt?»

«Ja. Eine Welt zwischen den Lebenden und den Toten, zwischen Körper und Seele.»

Coel verstand nicht ganz. Was hatte das alles zu bedeuten? Er versuchte, sich zu erinnern, was geschehen war, doch er nahm nur verschwommene Bilder wahr. Dann fiel es ihm wieder ein.

«Ich hatte einen Autounfall, nicht wahr?»

«Ja, das stimmt», antworteten die Lichter. «Doch keine Angst, deine Zeit ist noch nicht gekommen. Du wirst zurückgeschickt als Schutzengel.»

«Was soll das heißen? Dass die Menschen mich nicht sehen können?»

«Doch, das können sie», erwiderten die Wesen «Du wirst deinen menschlichen Körper wiedererhalten und dich auch sonst wie ein Mensch fühlen, aber du hast eine neue Aufgabe. Eine junge Frau, die du bald auf der Erde kennenlernen wirst, wird deine Hilfe benötigen, deinen Schutz. Sie wird eine schwere Zeit durchmachen, denn sie hat einen geliebten Menschen verloren. Es ist deine Aufgabe, ihr beizustehen und ihr dabei zu helfen, glücklich zu werden.»

«Warum ich? Es gibt so viele Menschen, die ihr Leben lassen mussten. Warum erhalte gerade ich eine zweite Chance?»

Coel runzelte die Stirn. Er war sich mittlerweile unsicher, ob dies nicht eher ein eigenartiger Traum war. Vielleicht hatte er gar keinen Unfall gehabt und sein Kopf hatte einfach einen harten Schlag abbekommen.

«Deine Aufgabe wird bald beginnen und du wirst verstehen, warum du ausgewählt wurdest», erklärten die Lichter knapp.

Dann verschärfte sich der Ton. «Merke dir nur eines: Du darfst weder ihr noch sonst jemandem erzählen, wer du bist und weshalb du zu ihr geschickt wurdest.»

Er würde es ohnehin niemandem erzählen. Wenn er das täte, hielten ihn alle für verrückt.

«Eine Frage hätte ich noch», begann Coel. «Wird mein Leben so verlaufen wie bisher? Ich meine, werden mich meine Freunde und Familie wieder erkennen? Werde ich weiterhin studieren und Volleyball spielen können?»

«Ja. Alles bleibt, wie du es gewohnt bist. Auch deine Freunde und Familie bleiben dir erhalten. Nur die junge Frau, die du schützen sollst, wird in dein Leben treten.»

Coel wusste noch immer nicht, ob er der ganzen Sache trauen konnte. Die Worte dieser Wesen, Engel, Lichter, oder was auch immer sie waren, klangen weise und schlüssig, auf eine eigene Art, aber trotzdem hatte er Zweifel.

«Und was ist, wenn ich das alles gar nicht will?», fragte er erneut. Wenn das Schicksal sein Leben beendet hatte, sollte er vielleicht genau das annehmen. Zudem würde sich für ihn sehr wohl einiges ändern, wenn er für diese Frau da sein musste.

«Es liegt nicht bei dir, das zu entscheiden», berichtigten ihn die Wesen.

Coel hatte also keine Wahl. «Nun gut», gab er nach. «Ich bin bereit. Bringt mich zurück und ich werde meine Aufgabe als Schutzengel, so gut ich kann, erfüllen.»

«So sei es.»

Plötzlich umhüllte Coel ein helles Licht. Es blendete ihn so sehr, dass er seine Augen schließen musste, und als er sie wieder öffnete, erkannte er, dass er nicht mehr in der Zwischenwelt war. Nein. Er lag auf einem Bett und konnte zahlreiche fremde Gesichter ausmachen.

Nach genauerer Betrachtung fiel ihm auf, dass es Ärzte waren. Einer versuchte wohl gerade, ihn mit einem Defibrillator wiederzubeleben. Doch das war nicht mehr nötig. Sofort zog der Arzt sich zurück.

«Er ist aufgewacht», setzte der Doktor seine Kollegen in Kenntnis und prüfte seinen Puls. Auch die Monitore, an denen Coel angeschlossen war, fingen an, gleichmäßig zu piepen. «Wissen Sie noch Ihren Namen?», fragte er nun Coel, der noch etwas benebelt antwortete.

«Sehr gut.» Der Arzt nickte erleichtert. «Sie hatten einen Autounfall, sind aber noch mal davongekommen. Bleiben Sie bitte ruhig liegen. Wir bringen Sie jetzt in den OP, um ihren Arm zu operieren und ihre Wunde am Kopf zu nähen.»

Tiana

Es nieselte und die Wiese wurde immer feuchter. Das Gras färbte sich dunkler, während Wassertropfen es leicht auf den Boden drückten. Alle spannten ihre Schirme auf, um nicht nass zu werden. Auch Tianas Mutter hatte einen dabei, den sie über ihren und Tianas Kopf hielt. Doch ihre Tochter bekam nichts von alldem mit. Sie starrte auf die Holzkiste, die langsam in die Erde hinuntergelassen wurde. Sie hatte bereits so viele Tränen vergossen, dass sie nicht einmal mehr weinen konnte. Ihr Blick war leer. Traurig, aber leer.

Nie wieder würde sie sein Lachen hören oder seine Stimme, die ihren Namen rief. Nie wieder würden sie diese wundervollen blauen Augen des Jungen anstarren, der genau gewusst hatte, was sie dachte. Nie wieder würde sie den Menschen spüren können, den sie die letzten zwei Jahre über alles geliebt hatte. David.

Er war fort. Für immer.

Kapitel 1:
Das langersehnte Wiedersehen

Sechs Monate später...

Coel

       Nachdem er die letzten Kartons ausge-
laden hatte, blickte sich Coel noch einmal in seiner neuen
Wohnung um und atmete tief ein. Er war von zu Hause aus-
gezogen, um sich mit seinem Volleyballkumpel Leo, der im
Moment bei seinen Eltern alles in Kisten verpackte, diese
Wohnung zu teilen, und freute sich sehr auf die kommende
Zeit. Da gerade Sommerferien waren, konnte er sich ganz
aufs Volleyballspielen konzentrieren und damit etwas Geld
verdienen. Umso wichtiger war es, gut abzuschneiden, und
das Meisterschaftsspiel in Chicago zu gewinnen. Er hoffte
nur, dass sein Trainer ihn nicht zu sehr schonte. Bei einem
Auswärtsspiel in New York hatte Coel sich die linke Hand
gebrochen und drei Monate einen Gips tragen müssen. Das
hatte ihm nicht nur die Uni erschwert, auch das Volleyball-
training war fürs Erste ausgefallen. Mittlerweile war es für
ihn wieder möglich, Sport zu treiben. Allerdings noch mit
Einschränkungen. Es würde dauern, bis sein Arm wieder
die ganze Kraft hatte. Zum Glück war er Rechtshänder.

In ein paar Tagen sollte sich Coel in seiner neuen Wohnung komplett eingerichtet haben, doch für heute beließ er es dabei und beschloss, die neue Dusche zu testen. Schließlich traf er sich später noch mit Freunden und sein Gefühl sagte ihm, dass der erste Eindruck an diesem Tag noch eine Rolle spielen würde.

Er ging in Richtung seines Zimmers, um seinen Karton mit Kleidung zu suchen, und öffnete die Tür. Plötzlich stand vor ihm ein großer Mann mit braunem kurz geschorenem Haar und einem dicken Bauch.

«Hallo, Coel», begrüßte er ihn, als wäre es das Normalste der Welt, dass ein Fremder in seinem Schlafzimmer stand.

«Was zum… Wer sind Sie und wie sind Sie hier reingekommen?», wollte Coel verärgert wissen.

«Entschuldige, die Wohnung war offen, nachdem du einen Karton nach dem anderen hier reingeschleppt und die Tür nur leicht angelehnt hast.»

Coel war völlig verdattert und überlegte kurz, ob er die Polizei rufen sollte, während er zu seinem Handy blickte.

«Es ist nicht nötig, die Polizei zu rufen. Ich hatte nicht vor, bei dir einzubrechen.»

«Ach nein? Dann gehen Sie hobbymäßig in fremde Schlafzimmer und versuchen, auf diese Weise neue Freundschaften zu schließen, oder wie?»

«Du erkennst mich vielleicht nicht wieder, aber ich bin dein Beschützer.»

«Sorry, aber da klingelt nichts bei mir.»

Coel wollte schon die Nummer der Polizei wählen, als die Hand des Fremden blitzartig vorschoss und nach seiner griff, die das Telefon umschloss.

«Lassen Sie mich los», drohte Coel, der das Ganze nicht witzig fand.

«Du hattest einen Autounfall und warst für ein paar Minuten tot», begann der Eindringling zu erklären. «Während dieser Zeit haben wir Engel dir erklärt, weshalb du eine zweite Chance erhältst und was deine neue Aufgabe ist.»

Langsam ließ der Fremde von Coel ab und dieser legte sein Handy beiseite. Ratlos blickte er dem Mann entgegen und wartete, dass dieser noch mehr von sich preisgab.

«Ich verstehe, dass du verwirrt bist, aber ich habe nicht viel Zeit für Erklärungen, da ich diesen Körper wieder verlassen muss. Also hör mir jetzt bitte genau zu.»

Coel lehnte sich an die Schlafzimmerwand, verschränkte seine Arme und nickte zur Bestätigung, dass er nun aufmerksam lauschen würde.

«Du musst Tiana Valeran finden. Sag ihr, dass alles gut wird. Sei für sie da, bitte.»

Coel blickte sein Gegenüber verwirrt an. Wer war dieser Typ? Wer war Tiana Valeran? Und was sollte diese Sache mit: ‹Er kann nicht lange in diesem Körper bleiben›?

Bevor Coel jedoch eine der Fragen laut stellen konnte, fiel der Fremde rückwärts auf das Bett, das hinter ihm stand, und verlor das Bewusstsein.

Sofort schoss Coel vor.

«Alles in Ordnung?»

«Was...?»

Der Fremde schien verwirrt.

«Geht es Ihnen gut?»

Noch immer etwas neben sich, erschrak der Mann, als er Coel sah. «Wer sind Sie? Was machen Sie in meiner Wohnung?»

«Wie bitte? Sie sind doch bei mir eingebrochen.»

«Was erlauben Sie sich?», rief der Fremde empört. «So etwas würde ich nie tun.»

Er stand auf und schritt aus dem Zimmer. Währenddessen schien ihm klar zu werden, dass er sich nicht in seinem Zuhause befand. Coel konnte an seinem Gesichtsausdruck erkennen, wie ihn langsam das schlechte Gewissen plagte. Er lief ihm nach, um zu sehen, wohin er wollte, als der Unbekannte die Wohnung verließ und die Tür nebenan aufschloss.

«Sie wohnen hier?», fragte Coel verwirrt.

«Ja, und offenbar sind Sie mein neuer Nachbar. Entschuldigen Sie, dass ich einfach so in Ihre Wohnung gegangen bin», sagte er nun etwas freundlicher und schloss die Tür hinter sich.

.. .. ..

«Jetzt erzähl mal, Lucy. Wie ist deine Freundin so?», fragte Leo.

Als Lucy und Mike Coel abgeholt hatten, war Leo gerade dabei, seine Umzugskartons in die Wohnung zu bringen, und Lucy bot ihm an, mitzukommen. Coel fragte sich, ob das eine gute Idee gewesen war. Leo war nicht gerade der zurückhaltende Typ.

«Sei nicht so ungeduldig. Das wirst du gleich selbst erfahren», rügte ihn Lucy.

«Wir treffen uns doch nicht mit ihr, damit einer von euch gleich mit ihr zur nächsten Liebesinsel schwimmen kann», brachte Lucys Freund Mike mit einem fiesen Grinsen ein.

«Klar. Du hast ja auch schon eine Freundin», rebellierte Leo sofort.

Während Lucy ihn mit einem scharfen Blick strafte und Mike versuchte, Leo davon zu überzeugen, sie erst einmal kennenzulernen, unterbrach Coel das Getöse.

«Ist sie das?»

Er deutete auf eine junge Frau, die am Rande des Buckingham-Brunnens saß und ein Buch las. Ihr rotes Haar, das wahrscheinlich gefärbt war, unterstrich ihre Schönheit und bildete einen faszinierenden Kontrast zu ihrem Sommerkleid. Ihre Lippen bewegten sich leicht beim Lesen und ihre Augen waren weit aufgerissen. Womöglich las sie gerade eine spannende Szene.

«Ja. Das ist sie. Tiana!», rief Lucy fröhlich und stürmte auf sie zu. *Tiana.* Irgendwo hatte er den Namen schon einmal gehört...

Vertieft in ihre Lektüre, schien sie nicht zu bemerken, dass sie bereits beobachtet wurde. Erst als Lucy vor ihr zum Stehen kam, sah sie von ihrem Buch auf und blickte überrascht in die Augen ihrer besten Freundin. Doch noch bevor sie etwas sagen konnte, hatte Lucy bereits ihre Arme um sie geschlungen und fiel dabei fast mit ihr in den Brunnen.

«Wir haben uns schon viel zu lange nicht mehr gesehen. Ein Glück, dass mein Auslandssemester vorbei ist.»

«Ja. Da hast du recht. Ein halbes Jahr ist wirklich lange», erwiderte Tiana.

«Lass noch was von ihr übrig», scherzte Mike im Hintergrund.

Mit fragender Miene blickte Tiana an ihrer Freundin vorbei und erhob sich vom Brunnen.

«Darf ich vorstellen, Tiana? Das ist Mike, mein Freund», erklärte Lucy.

«Freut mich, dich endlich mal kennenzulernen. Lucy hat schon viel von dir erzählt», bemerkte Mike höflich. Er hatte ein charmantes Grinsen aufgesetzt und reichte Tiana zur Begrüßung die Hand

«Freut mich ebenso», erwiderte Tiana.

Lucy wies auf Leo und ihn.

«Das sind Leo und Coel», erläuterte sie und erst jetzt fiel Coel auf, dass Leo und Tiana eine ähnliche Haarfarbe hatten. Nur dass sein Freund ein etwas dunkleres Rot trug und seine Haare definitiv gefärbt waren. Leo war jemand, der immer herausstechen musste.

Ohne nachzudenken, machte dieser einen Schritt nach vorn, nahm Tianas Hand und küsste diese. Dann trat er wieder zurück und warf ihr ein freches Grinsen entgegen.

Tiana zog die Hand zaghaft zurück und ihre Wangen röteten sich leicht.

Coel war der Letzte im Bunde und Tiana erstarrte beinahe, als sie ihn erblickte. Sie sah ihn an, als hätte sie einen Geist gesehen. Dabei hatte er darauf geachtet, so lässig wie möglich zu wirken. Er trug eine Sonnenbrille auf seinen braunen, gestylten Haaren und hatte eine sonnengebräunte Haut. Sein linkes Ohr war gepierct und er trug einen kleinen Ohrring. Vielleicht lag es an seinem finsteren Blick, mit dem er sie gerade musterte, und den verschränkten Armen vor der Brust, dass sie ihn so entgeistert anstarrte Doch als die fremde Frau ihm abwartend die Hand zur Begrüßung entgegenstreckte, lockerten sich seine Gesichtszüge und er reichte ihr ebenso die Hand.

«Ich dachte, du wärst hübscher», bemerkte er knapp und lächelte gespielt freundlich.

«Ähm... Was?», stammelte Tiana.

«Coel!», schnauzte Lucy ihn an. «Was fällt dir ein, meine beste Freundin zu beleidigen?» Sie boxte ihn kräftig in die Seite, doch ihm war das ziemlich egal, denn er spürte kaum etwas. «Entschuldige dich bei ihr», forderte Lucy.

Die anderen schienen sprachlos und starrten mit weit aufgerissenen Mündern in ihre Richtung. Nach ein paar Sekunden bemerkte Coel, dass er noch immer Tianas Hand hielt und zog seine zurück.

«Du hast total kalte Finger», erwähnte er noch beiläufig und verzichtete damit auf die Entschuldigung.

Wieder trat betretenes Schweigen ein und Tiana wandte sich Hilfe suchend an ihre Freundin.

«Nun gut. Jetzt kennst du ja alle, Tiana», meinte sie und schritt zu ihr. Dabei warf sie Mike einen Blick zu, der ihm wohl klarmachen sollte, dass er sich um Coel kümmern sollte. «Gehen wir schon einmal vor zur Eisdiele. Wir haben uns einiges zu erzählen. In den letzten Monaten ist viel passiert.»

Lucy schob Tiana vor sich her und diese leistete keinen Widerstand.

Ein dumpfes *Tack* war zu hören, als Mike Coel eine Kopfnuss verpasste.

«Autsch!», beschwerte sich dieser.

«Was sollte das denn?», fragte Mike empört.

«Was sollte die Kopfnuss?», ging Coel nicht auf die Frage ein.

«Das weißt du genau», erwiderte sein bester Freund ernst. «Du warst unhöflich und arrogant.»

«Ja», stimmte Leo zu, dem Coel einen tödlichen Blick zuwarf. Mit gesenktem Blick ging er einen Schritt zurück.

«Wir wollten damit nur sagen, dass wir dich kennen und wissen, dass du dich normalerweise anders verhältst», versuchte Leo, die Wogen zu glätten.

Seine Worte brachten etwas Ruhe in die Runde und schafften es, dass Coel wieder einen klaren Gedanken fassen konnte. Er wusste selbst nicht, warum er das gesagt hatte. Schließlich hatte er nichts gegen Tiana. Im Gegenteil. Er fand sie sogar interessant. War das der Grund, warum er so reagiert hatte? Machte ihm seine eigene Unsicherheit zu schaffen? Oder hatte es mit etwas anderem zu tun? Dieser Name, Tiana. Sein Nachbar, Beschützer oder was auch immer, hatte er nicht diesen Namen genannt?

«Coel, kommst du?», riss ihn Mike aus seinen Gedanken. «Lucy und Tiana warten.»

Er beschloss, die Sache vorerst zu vergessen, und folgte seinen Freunden.

.. .. ..

Tiana

«Entschuldige, ich glaube das hast du verloren.»
Ruckartig wandte sich Tiana um und blickte in die wunderschönen blauen Augen eines jungen Mannes. Ihr Herz machte einen Sprung. Sie fühlte etwas, das ihr Inneres beinahe zum Kochen brachte.
«Hier.» Er reichte ihr eine Halskette mit einem Federanhänger daran.
Tiana blickte die Kette an und dann zu ihrem Gegenüber. «Danke, die ist mir sehr wichtig.»

Der Fremde schenkte ihr ein charmantes Lächeln. «Verstehe.»

Tiana nahm die Kette und starrte sie ein paar Sekunden an. «Kannst du sie mir anlegen?» Möglicherweise war es eigenartig, einen Wildfremden zu bitten, ihr die Halskette umzubinden, doch sie wollte nicht, dass er ging und das Gespräch wieder vorbei war. Er hatte eine Ausstrahlung, die sie in ihren Bann zog.

«Gerne», erwiderte er und nahm die Kette wieder aus ihrer Hand. Umsichtig öffnete er den Verschluss.

Tiana drehte sich mit dem Rücken zu ihm und streifte ihre langen Haare zur Seite, sodass er die Kette an ihrem Hals verschließen konnte.

Kurz spürte sie, wie er mit den Fingern über ihre Haut streifte. Sie konnte es sich nicht erklären, doch sie fühlte sich diesem Fremden in diesem Augenblick so nah wie niemandem sonst.

«Fertig», ertönte das Wort, das bedeutete, dass es nun an der Zeit war, Abschied zu nehmen.

Langsam drehte sie sich wieder zu ihm und blickte ihm tief in die Augen, in denen sie sich schon wenige Sekunden zuvor verloren hatte. «Danke.»

«Gern geschehen.» Auch der Fremde blieb stehen und sah sie einfach nur an. Scheinbar wollte auch er nicht gehen.

«Ich heiße Tiana», stellte sie sich vor, um das Gespräch fortzusetzen und es noch ein bisschen in die Länge zu ziehen.

«David.»

Wieder folgte dieses charmante Lächeln. Tiana hätte dahinschmelzen können. Ihre Finger zitterten leicht und *ihre Lippen formten Worte, doch ihre Stimme brachte keinen Ton hervor. David. Das war also sein Name.*

«Also dann, vielleicht sieht man sich mal wieder.» David wandte sich zum Gehen.

«Warte!», schoss es aus Tiana heraus. Sie machte einen Satz nach vorn und hielt ihn an seinem T-Shirt zurück.

Der Wind, der über den Michigansee zog, und ein paar kleine Wellen tanzen ließ, war zu hören. Der Sand unter Tianas Füßen fühlte sich weich und warm an. Selbst die kühle Brise, die ihr durchs Haar wehte, war beruhigend wie ein sanftes Lied. In diesem Moment schien alles im Einklang zu sein.

Einen Moment standen sie beide nur so da, bis David einen kleinen Block und Stift aus seiner Hosentasche zog und etwas schrieb. Dann drehte er sich um, gab Tiana einen gefalteten Zettel in die Hand und legte ihre Finger sanft darauf.

Erneut wandte er sich zum Gehen, schenkte ihr ein letztes Lächeln und schritt davon. Tiana wollte ihn aufhalten, brachte jedoch kein Wort heraus. Was war nur mit ihrer Stimme los? Vorsichtig faltete sie das Stück Papier auseinander.

‹Morgen um die gleiche Zeit›.

«Es tut mir leid», riss Lucy sie aus ihren Gedanken. «Coel hat sich echt danebenbenommen.»

«Kein Problem», versicherte Tiana, die wieder in der Realität angekommen war. Eiskalt lief es ihr den Rücken hinunter, als sie an Coels Anblick dachte. Er sah David zum Verwechseln ähnlich. Bis auf die Tatsache, dass David wesentlich freundlicher gewesen war. Ja, Coel war das genaue Gegenteil von David. Was hatte der Kerl für ein Problem?

«Nein. Du verstehst das nicht», erklärte Lucy. «Er ist normalerweise nicht so. Ich weiß nicht, was in ihn gefahren ist.» Offensichtlich enttäuscht von Coel starrte sie auf die Tischplatte.

«Jeder hat mal einen schlechten Tag», entgegnete Tiana.

Sie ließ sich nicht so leicht unterkriegen. Das hatte sie das letzte halbe Jahr gelernt, seit David fort war. Sie lächelte ihrer Freundin aufmunternd zu, als auch schon die anderen kamen.

Sie setzten sich zu den Frauen an den Tisch und Coel versuchte offenbar, den Sessel, der am weitesten von Tiana entfernt war, zu erwischen. Immer wieder schaute er über die Karte zu ihr herüber, hatte aber wohl nicht vor, ein Wort mit ihr zu wechseln. Dann begann Mike die Stille zu durchbrechen.

«Also, Tiana, Lucy hat gesagt, du studierst auch an der Columbia?»

Lächelnd schob Tiana ihren Eisbecher, den sie schon bestellt hatte, ein Stück von sich weg. «Ja. Ich studiere dort Journalismus.»

«Dann willst du mal Nachrichtensprecherin werden oder so?»

«Nun, eigentlich ist mein Ziel, über berühmte Persönlichkeiten zu berichten und sie auf ihren Reisen zu begleiten. Vielleicht schreibe ich mal eine Biografie über jemanden.»

«Dann könntest du mit mir anfangen», erklärte Leo mit einem Grinsen.

«Seit wann bist du denn berühmt, Leo?», amüsierte sich Mike.

«Hey, ich bin ein echt guter Volleyballspieler. Wir fahren oft in andere Länder zu Meisterschaftsspielen», gab er an.

«Ja, nur dass Coel viel besser spielt als du», zog ihn Mike wieder auf.

«Das ist doch gar nicht...»

«Ihr seid Volleyballspieler?», unterbrach Tiana die beiden und freute sich sichtlich über diese Nachricht. «Darf ich euch interviewen?»

«Ähm, ja. Aber wofür?», fragte Leo verwirrt.

«Nun. Ich schreibe eine Arbeit, die ich bis Ende August abgeben muss. Das Thema ist Sport und Volleyball wäre perfekt! Vor allem, weil ich dazu schon einige Infos gesammelt habe und mich dieser Sport noch am ehesten interessiert.»

«Dann komm doch gleich nächste Woche beim Training vorbei. Du kannst uns zusehen, ein paar weitere Infos sammeln und danach erklären sich sicher ein paar unserer Kollegen bereit, dir einige Fragen zu beantworten», bot Leo an.

«Vielen Dank für die Einladung. Das klingt toll.» Tiana war wirklich erleichtert, dass sie nun einen Sport gefunden hatte, über den sie in ihrer Arbeit schreiben konnte. Sie hatte schon überlegt, in der Uni ein paar Studenten zu fragen, die Sport trieben, oder ein paar Leute, die sie von früher kannte. Ihr Exfreund Ryan, mit dem sie vor David zusammen gewesen war, spielte ebenfalls Volleyball, doch zu ihm hatte sie seit ein paar Jahren keinen Kontakt mehr. Leo und Coel waren dafür genau die Richtigen. Auch wenn sie noch nicht sicher war, was Coel von der ganzen Sache hielt, da er nur schweigend daneben saß. Jedoch hatte er offenbar keine Einwände.

«Na dann, Tiana, auf tolle Interviews mit den Sportlern.» Mike hielt das Glas Wasser, das man zu jedem Eisbecher gratis erhielt, in die Höhe.

«Ja, Tiana. Auf dich!», rief Leo und erhob ebenfalls sein Glas.

Auch Lucy prostete ihr zu, ehe die Freunde die Flüssigkeit genüsslich tranken. Ein Lacher entkam Tiana. So etwas hatte sie noch nicht erlebt. Dass man auf sie mit Wassergläsern anstieß und sie respektvoll feierte.

Tiana warf Coel einen flüchtigen Blick zu. Ganz gleich, wie unhöflich er war, sie wollte wissen, ob er wirklich der kühle Typ war, der er vorgab zu sein, oder ob hinter dieser Fassade noch mehr steckte. Tatsächlich trafen sich ihre Blicke und er prostete ihr kurz mit seinem Glas zu, ehe er sich das Wasser wie einen Shot in den Rachen schüttete. Tiana glaubte ein kleines Lächeln über seine Lippen huschen zu sehen. Bildete sie sich das alles nur ein? Irgendwie freute sie sich darüber, dass Coel David so ähnlich sah. Selbst sein Lächeln glich dem seinen. Doch brachte sie das dazu, wieder an ihn zu denken, und das schmerzte.

Nachdem alle ihr Eis genossen hatten, gönnte sich jeder noch ein kühles Getränk an diesem warmen Sommertag.

Wie erwartet sagte Coel die ganze Zeit über kein Wort. Jedenfalls nicht zu Tiana. Zu gerne hätte sie gewusst, was er neben dem Volleyballspielen machte. Studierte er oder ging er arbeiten? Ob er dort auch so schweigsam war?

Doch sie konnte sich keine weiteren Gedanken mehr darüber machen. Ihr Handywecker klingelte und erinnerte sie daran, nicht zu spät auf die Geburtstagsparty ihres Bruders zu kommen. Es schien, als wäre die Zeit schneller verronnen als sonst.

Lucy musterte Tiana mit einem fragenden Blick. «Was ist los?»

«Ich muss doch noch auf eine Geburtstagsfeier und habe mir zur Sicherheit einen Wecker gestellt.»

«Ja, ich erinnere mich.»

«Du musst schon gehen?», fragte Leo. «Das ist aber schade.»

«Ja, leider. Aber ich besuche euch nächste Woche im Training», versprach Tiana.

Mike reichte ihr zum Abschied die Hand und Leo zog wieder sein Handkussritual durch, wohingegen Lucy sie noch einmal fest umarmte.

«Wir müssen uns wieder häufiger sehen, jetzt, wo ich wieder hier bin. Komm beim nächsten Mal doch einfach mit, wenn die Jungs und ich uns treffen.»

«Geht klar», erwiderte Tiana und schenkte ihrer Freundin noch ein Lächeln, ehe sie sich von ihr löste. Die Gruppe winkte ihr zum Abschied, nur Coel schien es nicht zu interessieren, dass sie gehen musste. Was hatte sie auch anderes erwartet?

Kapitel 2:
Die Geburtstagsparty

Coel

Auf dem Weg in die etwas ruhigere Gegend nahe der Stadt freute sich Coel schon, seine Schwester und deren Mann wiederzusehen. Er hatte spontan beschlossen, sie zu besuchen, und war schon gespannt, wie sie sich in ihrem neuen Haus eingerichtet hatten. Beim Umzug selbst war er nicht dabei gewesen, schließlich hatte auch er seit Kurzem ein neues Zuhause, seit er mit Leo in die WG gezogen war.

Während der Fahrt blitzten jedoch immer wieder Bilder der letzten Stunden vor seinen Augen auf.

Ein Gesicht, das er so schnell nicht vergessen würde. Eine Frau, die ihn, obwohl er sie kaum kannte, in ihren Bann zog. Doch das Einzige, was er zu ihr gesagt hatte, waren Beleidigungen und Kränkungen gewesen. Er wusste nicht, was in ihn gefahren war. Seine eigene Inkompetenz und Dummheit ärgerten ihn über alle Maßen. Wenn er sie das nächste Mal sah, sollte er sich bei ihr entschuldigen. Falls er sie jemals wiedersehen würde. Bei seiner Unhöflichkeit würde sie wahrscheinlich auf zukünftige Treffen in der Gruppe verzichten.

Er hatte das Gefühl, dass sie mehr miteinander verband als bloß ihre besten Freunde. Irgendetwas sagte ihm, dass sie es war, die seine Hilfe benötigte. Er hatte nicht nach ihrem Nachnamen gefragt, doch den Namen Tiana hatte sein Nachbar definitiv erwähnt. Oder wer auch immer dieser Fremde gewesen war, der kurz nach seinem Einzug einfach in sein Schlafzimmer spaziert war.

Beim Haus angekommen, stieg er von seinem Moped, setzte den Helm ab und läutete zweimal. Als niemand öffnete, beschloss er, in den Garten zu gehen, um zu sehen, ob jemand zu Hause war. Er erblickte seine Familie im Nachbargarten, der sich an diesen anschloss. Sie schienen eine Grillparty oder etwas in der Art zu veranstalten.

«Wir sind hier drüben bei den Valerans», informierte ihn seine Schwester, die ihn entdeckt hatte.

Valeran. War das nicht der Nachname dieser Frau?

Ohne ein großes Hindernis darin zu sehen, schwang sich der Dreiundzwanzigjährige über den Zaun, während seine Schwester Kira sich ihm näherte.

«Was verschlägt dich denn hierher?», wollte sie wissen und schenkte ihm eine kurze Umarmung.

«Ich dachte, ich nutze das tolle Wetter und überrasche euch.»

«Die Überraschung ist dir gelungen», erwiderte seine Schwester lächelnd. «Komm, ich stelle dich den anderen vor. Wir feiern eine kleine Geburtstagsparty für unseren Nachbarn Matthew.» Kira deutete auf einen Mann, der am Grill stand, gleich neben Coels Schwager, der ihn mit einem Kopfnicken begrüßte. Dann wandte sie sich um und gemeinsam schritten sie zu einer Gruppe Frauen. Sie unterhielten sich lautstark und lachten, doch als sich eine von ihnen umdrehte, traf Coel der Schlag.

«Darf ich vorstellen?», begann Kira. «Das ist mein Bruder Coel.» Sie wandte sich wieder Coel zu. «Das sind

Matthews Mutter Tatjana, seine Freundin Sarah und seine Schwester Tiana. Sie wohnen nebenan.»

Er traute seinen Augen nicht, als er sie sah. Tiana. Ernsthaft? Was machte sie hier? Okay, vermutlich wohnen, aber war das Zufall?

Sie schien ebenso überrascht wie er, da sie ihn erneut anstarrte, als wäre er ein Geist. Wenige Sekunden später schritt sie jedoch erhobenen Hauptes auf ihn zu, wollte ihm vermutlich an den Kopf werfen, dass er ein vollkommener Idiot war. Verständlich. Er hatte sich wenige Stunden zuvor nicht gerade freundlich ihr gegenüber verhalten. Es wäre wohl besser, so zu tun, als wären sie sich noch nicht begegnet. Das hielt sie möglicherweise davon ab, vor allen eine Szene zu machen.

«Hallo. Freut mich, dich kennenzulernen.» Coel hielt ihr mit einem Lächeln die Hand zur Begrüßung hin.

«Hallo, Coel. Freut mich auch. Ein zweites Mal.» Sie trat ihm ebenso kühl entgegen wie er ihr wenige Stunden zuvor und lief an ihm vorbei ins Haus.

Seine Familie und auch Tianas waren mehr als verblüfft. Keiner schien so recht zu verstehen, was gerade geschah.

«Kennst du Tiana?», wollte seine Schwester wissen.

Er legte den Kopf verlegen zur Seite und nickte.

«Wir haben gemeinsame Freunde, doch unser erstes Treffen lief ein wenig... unglücklich», versuchte er, zu erklären.

«Soll heißen?», bohrte Kira nach und hob eine Augenbraue.

«Das erzähle ich dir später. Jetzt sollte ich erst mal nach Tiana sehen», entwand sich Coel dem Gespräch. Dann drehte er sich ruckartig um und verschwand im Wohnzimmer des Hauses. An den großen Salon schloss die Küche an, in der sich Tiana befand und gerade einen Saft zubereitete.

Coel fasste allen Mut zusammen und ging zu ihr. Er musste sich entschuldigen.

«Tiana…, ich», stotterte er herum, da er nicht so recht wusste, wie er anfangen sollte. Vor allem, weil er sich nun sicher war, dass sie es war. Sie war Tiana Valeran. Die Frau, die er finden und beschützen sollte.

«Willst du auch etwas zu trinken?», fragte sie ihn mit einem genervten Unterton und riss ihn dabei aus seinen Gedanken.

«Ja, gerne.»

«Orangensaft oder lieber Himbeere?»

«Einen Himbeersaft, bitte.»

«Wirklich?»

Überrascht wandte sie sich zu ihm und blickte ihm nun direkt in die Augen.

«Ja?», stimmte Coel zögerlich zu, der das Spiel noch nicht ganz verstand.

«Ich dachte eher, du wärst der Orangentyp.»

Tiana wandte sich wieder ihrer Arbeit zu und schwieg.

Entschlossen holte Coel einmal tief Luft, stellte sich neben sie und blickte ihr eindringlich ins Gesicht. Als sie ihn weiterhin ignorierte, ergriff er ihre Hand, um ihre Aufmerksamkeit zu erhaschen.

Es funktionierte. Sie drehte den Kopf und ihre Blicke trafen sich. Sie wirkte leicht erschrocken. Ob das an Coels ernstem Ausdruck lag?

«Es tut mir aufrichtig leid, wie ich mich heute verhalten habe. Meine Unhöflichkeit und Arroganz dir gegenüber waren nicht fair. Ich bitte dich, mir zu verzeihen.»

Coels Blick wurde weicher und er war erleichtert, das los zu sein. Auch sein Griff wurde lockerer und Tiana konnte ihre Hand zurückziehen. Sie schenkte ihm ein kleines Lächeln und er erwiderte es. Einen kurzen Moment verharrten sie so. Dann nahm Tiana den Himbeersaft und gab Coel sein Glas in die Hand.

«Wie wäre es, wenn wir uns in den Garten setzen und du mir in Ruhe erzählst, wer du wirklich bist?», schlug sie vor.

Coel grinste und nickte zustimmend. Doch dieses Mal, war es ein wahrhaft charmantes Lächeln. Er gab sein Bestes und war ihr dankbar für die zweite Chance. Sie hatte ihn also noch nicht ganz abgeschrieben. Ein Glück. Irgendwie wollte er nicht, dass sie ihn hasste.

Der Garten hatte eine kleine Terrasse, die mit Holzstühlen und Holztischen bestückt war. Das Essen wurde gerade serviert und überall roch es nach Gegrilltem. Coel beschloss, sich neben Tiana zu setzen, um sich mit ihr zu unterhalten.

«Wieder alles gut zwischen euch beiden?», fragte Coels Schwester neugierig.

Coel lächelte ihr zustimmend zu, während Matthew neben Coel Platz nahm.

«Woher kennt ihr euch?»

«Lucy ist mit seinem besten Freund zusammen», erläuterte Tiana.

«Ach ja. Das Treffen heute. Das erklärt natürlich einiges», meinte Matthew. «Ist irgendwas zwischen euch vorgefallen?»

«Nein, wir hatten nur eine kleine Meinungsverschiedenheit. Alles wieder gut», klärte Tiana ihn auf. Ihr Bruder gab sich mit der Antwort zufrieden und genoss sein saftiges Steak. Auch die anderen begannen zu essen und es kehrte Ruhe ein. Jeder war auf den Teller vor sich konzentriert.

Coel musterte Kira, seinen Schwager und deren Nachbarn, die er noch nicht wirklich kannte. Zu gerne wollte er sich mit Tiana unterhalten. Vor allem, da sie so einen schlechten Start gehabt hatten. Er musste sich von seiner besten Seite zeigen. Und dazu bekam er auch gleich die Gelegenheit. Nachdem Tiana aufgegessen hatte, wandte sie sich ihm zu.

«Studierst du eigentlich auch wie Lucy? Oder arbeitest du bereits?»

«Ich studiere Sport. Ich will Lehrer werden», antwortete er sofort.

«Wirklich?»

Coel sah förmlich die Fragezeichen über ihrem Kopf schweben.

«Ja. Ist das so unvorstellbar?», stellte er die Gegenfrage.

Tiana überlegte kurz. An der Art, wie sich ihre Stirn in Falten legte, konnte er erkennen, wie angestrengt sie darüber nachdachte. Er musste zugeben, dass er es süß fand, wie sie sich den Kopf über eine Antwort zerbrach.

«Nein. Du hast recht. Das kann ich mir bei dir gut vorstellen», brachte sie schließlich ernst hervor, während sie ihn musterte.

Coel musste lachen. Diese neugierige, manchmal aber auch ernste Art gefiel ihm an ihr.

«Dann trainierst du bestimmt viel», dachte Tiana laut und riss ihn damit aus seinen Gedanken.

«Ja. Ich bin ja in einer Volleyballmannschaft, wie du weißt. Natürlich gehe ich in meiner Freizeit auch gerne schwimmen und laufen», erklärte Coel, der nun voll in seinem Element war.

«Natürlich», wiederholte Tiana und konnte ein Lächeln dabei nicht verbergen.

«Und was ist mit dir? Treibst du auch gerne Sport?», wollte er wissen.

«Nun, bestimmt nicht so viel wie du», zollte sie ihm damit Respekt. «Ich gehe im Sommer gerne schwimmen oder auch spazieren und... früher habe ich auch Volleyball gespielt.»

«Das ist doch toll», erwiderte Coel. Er freute sich, dass sie beide ähnliche Interessen hatten. «Warum hast du damit aufgehört?»

«Na ja, das war nur in der Schule und zum Spaß in der Freizeit. Irgendwie war dann auch keine Zeit mehr.»

«Verstehe», gab sich Coel mit der Antwort zufrieden, hatte aber das Gefühl, dass da noch etwas war, worüber sie nicht sprechen wollte.

.. " ..

«Sag mal, warum ist jemand wie du eigentlich noch nicht vergeben?», fragte Coel charmant. Tiana und er hatten sich inzwischen auf eine Picknickdecke im Garten zurückgezogen, um sich ungestört unterhalten zu können. Sie lächelte beschämt, aß ein Stück Kuchen und begann zu erzählen.

«Ich war lange in einer Beziehung und das mit dem ‹Jemanden neu Kennenlernen› ist nicht mehr so einfach.»

«Verstehe. Tut mir leid.»

«Du kannst nichts dafür», erwiderte Tiana. «Vielleicht ist es noch zu früh», sprach sie mehr zu sich selbst als zu Coel.

Dieser sah sie fragend an. «Dann habt ihr euch erst vor Kurzem getrennt?» Nun war er doch neugierig.

«Nein. Ich habe vor Kurzem jemanden verloren, der mir sehr viel bedeutet hat.» Tianas Stimme wurde immer leiser und sie musste wohl ihre Finger tief in ihre Kleidung krallen, um nicht in Tränen auszubrechen. «Er ist... Er ist vor einem halben Jahr bei einem Autounfall ums Leben gekommen.»

Jetzt wusste er nicht mehr, was er sagen sollte. Ihr Freund war gestorben? Wie hart musste das sein? Er konnte es sich nicht vorstellen. Dieses Schicksal musste sie so viel Kraft gekostet haben. Auch wenn es «schon» ein halbes Jahr her war, fiel es ihr offensichtlich immer noch nicht leicht, darüber zu sprechen. Und er war auch noch so dumm gewesen, darauf herumzureiten. Er war wirklich ein Vollidiot. «Was hältst du davon, wenn wir morgen Eis essen gehen?», fiel es ihm spontan ein. Er wollte sie auf andere Gedanken bringen.

«Meinst du nur wir beide?», fragte Tiana verwirrt.

Die Ablenkung funktionierte. Auch wenn Tiana eher verwundert als aufgemuntert wirkte, hatte er sie auf andere Gedanken gebracht.

«Wie ein... Date?», fragte sie erneut, als Coel keine Antwort gab.

«Nun...» Der Sportler blickte durch den Garten und rieb sich unbehaglich den Nacken. «Ja, ein Date», bestätigte er schließlich und blickte wieder in Tianas Richtung.

Sie schenkte ihm ein leichtes Lächeln, das Freude ausstrahlte.

«Sehr gerne.»

Kapitel 3:
Erste Verabredung

Coel

Was hatte er sich dabei gedacht? Er hätte sich selbst ohrfeigen können, dass er heute ein Date mit Tiana hatte. Auch wenn sie hübsch war und er sie wirklich süß fand, musste er doch nicht gleich mit ihr ausgehen.

Er sollte klarstellen, dass diese Verabredung nur ein Treffen unter Freunden war. Sie würde das schon verstehen.

«Was darf's denn sein?», riss ihn eine Stimme aus seinen Gedanken.

Coel blickte auf und bemerkte, dass er schon beim Hotdog-Stand angekommen war. Er wollte nicht mit leerem Magen vor Tiana erscheinen.

«Einen Hotdog, bitte.»

«Du solltest dich nicht mit ihr verabreden. Es ist noch zu früh», riet ihm der Verkäufer, während er das Essen zubereitete.

«Wie bitte?» Coel musste sich verhört haben.

«Ich finde es gut, dass ihr euch nach eurem schlechten Start wieder vertragen habt und euch versteht, aber ein Date?»

Coel fiel die Kinnlade herunter. Woher wusste dieser Kerl von seinem Treffen? Er sah sich kurz um und entdeck te, dass die anderen Menschen den Verkäufer ebenso wahrnahmen wie er, doch irgendetwas war eigenartig.

«Tut mir leid», entschuldigte sich sein Gegenüber. «In Wahrheit bin ich kein Hotdog-Verkäufer. Ich bin dein Beschützer, wie bei dir zu Hause. Weißt du noch?»

«Der Einbrecher?», fragte Coel verwirrt.

«Dein Nachbar. Es war dein Nachbar.»

«Und jetzt bist du Hotdog-Verkäufer?»

«Ich nutze nur diesen Körper, um mit dir zu kommunizieren. Aber ich kann an diesem Ort nicht offen sprechen. Hier sind zu viele Menschen. Beim nächsten Mal erkläre ich dir alles.»

«Beim nächsten Mal?» Langsam wurde es Coel zu viel.

«Bitte, gib gut auf Tiana acht. Mach ihr keine falschen Hoffnungen. Sie braucht dich als Freund an ihrer Seite. Jetzt mehr denn je.»

«Wieso mich?»

Coel wartete auf eine Antwort, doch er sah nur den überraschten Gesichtsausdruck des Standbesitzers und dessen Blick auf Coels Essen.

«Zwei Dollar fünfzig, bitte.»

Der Verkäufer hielt Coel die Hand hin und dieser beglich seine Schulden. Wer auch immer gerade mit ihm gesprochen hatte, er schien fort zu sein. Wie an dem Tag, als ihn sein angeblicher ‹Nachbar› in seiner Wohnung überrascht hatte.

Coel war klar, dass es um Tiana ging, jedoch wusste er nicht, warum nur er ihr als Freund zur Seite stehen konnte. Immerhin hatte sie Lucy und andere gute Freundinnen, die sie schon länger kannten als er. Was auch immer das alles zu bedeuten hatte, er hoffte, dass er bei der nächsten Begegnung mit diesem mysteriösen Fremden mehr erfuhr.

.. .. ..

Tiana

Sie stand am Strand und während sie auf den Michigan-see hinausblickte, kamen ihr erste Zweifel. Warum war sie hergekommen?

Ihre Hände zitterten und das lag nicht an der Frühlings-brise. Sie hatte Angst, dass er nicht kommen würde. Immerhin war sie auch für ihn eine Wildfremde und vielleicht hatte sie sich aufgedrängt, als sie ihn bat, ihr die Kette anzulegen. Auch wenn er ihr diese Nachricht gegeben hatte, war es möglich, dass er sie zum Narren halten wollte. Obwohl er nicht wie der Typ wirkte, der so etwas tat. Sie hatte ihn nur ein paar Minuten gesehen, doch seine Ausstrahlung und seine Art hatten sofort Wärme in ihr ausgelöst. Wenn sie sich an seinen Namen erinnerte, spürte sie, wie ihr ein angenehmes Kribbeln durch die Glieder fuhr. Ein Gefühl von Freude und Aufregung zugleich. Warum fühlte sie sich so eigenartig? Einmal hatte sie ihn gesehen. Gestern. Doch diese eine Begegnung hatte gereicht, um ihr Herz zu verwirren.

«Tiana?», erklang plötzlich eine Stimme hinter ihr.

Langsam wandte sie sich um und als sie ihn entdeckte, setzte ihr Puls einen Moment aus. Er hatte seine braunen Haare gestylt und wirkte größer als am Tag zuvor. Seine stechend blauen Augen schienen ihr in die Seele zu blicken. David. Er war gekommen.

Sie wusste nicht, was sie sagen sollte, war wie gelähmt.

«Hi», begrüßte er sie und nahm sanft ihre Hände in sei

ne. «Du bist wirklich gekommen.»

Seine Stimme drang tief und eindringlich an ihr Ohr. Er schien sich ebenso über dieses Treffen zu freuen wie sie.

«Ich wollte dich wiedersehen.»

Noch bevor sie den Satz beendet hatte, war sie sich unsicher, ob das nicht zu aufdringlich war. Davids süßem Lächeln nach zu urteilen wohl kaum.

«Gehen wir ein bisschen spazieren?», fragte er und reichte ihr die Hand.

Sie griff danach und nebeneinander schritten sie den Strand entlang. Passierte das wirklich? Tiana hoffte, dass es nicht nur ein schöner Traum war, aus dem sie bald erwachen würde.

«Du bist ja eine echte Leseratte», ertönte Coels Stimme neben ihr.

Sie blickte auf und realisierte, dass sie wieder vor sich hin geträumt hatte. Dann klappte sie ihr Buch zu, grinste frech und versuchte damit zu kaschieren, dass sie mit ihren Gedanken ganz woanders gewesen war. «Aus Büchern kann man auch so einiges lernen.»

Coel lächelte und deutete ihr an, ihm zu folgen, um die Eisdiele aufzusuchen. Als er ihr die Hand reichte, um ihr aufzuhelfen, ergriff sie diese, ohne nachzudenken, und ließ sich von ihm hochziehen. Ein Schauer lief ihr über den Rücken, als sie bemerkte, dass sie gerade ein Déjà-vu erlebte. Coel wollte seine Hand zurückziehen, doch sie drückte sie fester, sodass er sich nicht aus ihrem Griff lösen konnte. Sie spürte, wie er sie anstarrte, jedoch war ihr Blick auf den Boden gerichtet. Sie konnte ihm jetzt nicht in die Augen sehen, wollte einfach nur dieses warme Gefühl behalten.

Nach ein paar Sekunden wurde auch sein Griff wieder

fester und er zog sie schweigend mit sich.

In der Eisdiele angekommen, führte sie ein Kellner zu einem leeren Tisch im Freien. Er nahm ihre Bestellungen auf und verschwand danach im Inneren. Ein herrlicher Duft lag in der Luft und an der Kleidung der anderen Gäste war zu erkennen, dass es ein sehr warmer Sommertag war. Auch Coel und Tiana trugen luftige Klamotten.

Nach kurzer Zeit servierte der Kellner die Eisbecher.

«Einmal Eisspaghetti für den Herren», begann er, «und den Erdbeerbecher für Ihre Freundin.» Beim letzten Wort zwinkerte er Coel verschwörerisch zu, der sich ein geschmeicheltes Lächeln nicht verkneifen konnte und zustimmend nickte. Er wollte dem Angestellten wohl eine unangenehme Situation ersparen.

Auch Tiana machte keine Anstalten, den Kellner zu korrigieren. Es hatte etwas Schmeichelhaftes, dass er dachte, sie seien ein Paar. Schließlich war Coel sehr attraktiv und zog so manche Blicke auf sich. Auch wenn es für Tiana immer noch eigenartig war, sich mit einem anderen Mann zu treffen. Vor allem, weil Coel ihm so ähnlich sah. Das erinnerte Tiana immer wieder daran, dass David nicht mehr bei ihr war, gab ihr jedoch auch das Gefühl, dass er in gewisser Weise doch an ihrer Seite war. Ihn eindringlich musternd, versuchte sie, diese Gedanken sofort wieder zu verwerfen und sich auf die Gegenwart zu konzentrieren.

«Wie heißt das Team deiner Volleyballmannschaft?», wollte Tiana wissen.

«Startet jetzt schon das Interview?», erwiderte er schmunzelnd.

«Ähm... Nein. Ich wollte nur mehr über dich erfahren», gestand sie, bereute es jedoch sogleich wieder, als sie realisierte, was sie gerade gesagt hatte. Sie blickte zu Coel, der sehr überrascht wirkte. Mit dieser Antwort hatte er wohl nicht gerechnet. Ebenso wenig wie sie selbst. Wie konnte sie so etwas nur sagen?

«Illinois Sharks», antwortete Coel schließlich und schien ihren Ausrutscher gekonnt zu ignorieren.

«Dann spielst du in der oberen Liga?», fragte Tiana erstaunt.

Coel nickte. «Bald stehen die Meisterschaftsspiele an. Falls du es dir ansehen möchtest.»

«Ja, das klingt toll. Danke für das Angebot.»

«Das kannst du dann auch in deine Arbeit einbauen.» Wieder ging ein überaus charmantes Lächeln in Tianas Richtung.

«Stimmt, das ist eine gute Idee und ich freue mich schon darauf, dich spielen zu sehen.»

Erneut schenkte ihr Coel ein süßes Lächeln und Tiana begann langsam zu verstehen, warum sie sich in seiner Nähe so wohlfühlte.

.. .. ..

Coel

Später machten sie noch einen kleinen Schaufensterbummel durch die Stadt. Es war beinahe so, als wäre er wirklich mit seiner Freundin unterwegs. Er musste sich eingestehen, dass es keineswegs unangenehm für ihn war, er genoss die Zeit mit Tiana.

Coel entdeckte ein Sportgeschäft und blieb abrupt stehen.

«Wir können gerne reingehen», bemerkte Tiana, doch Coel zögerte. Normalerweise schleppte er keine Frauen mit ins Sportgeschäft, weil diese meist nicht so ein großes Interesse daran hatten wie er. Tiana hingegen wirkte zufrieden, weshalb er erfreut nickte und gemeinsam mit ihr das Fachgeschäft betrat.

Sofort ging er in die Volleyballabteilung und inspizierte ein paar der Bälle, bis ihn Tianas Stimme aus seinen Gedanken riss.

«Coel, fang», rief sie, während sie ihm einen Ball zuwarf.

Im Sprung traf er den Ball mit der Handfläche und schickte ihn dem Absender zurück. Leider vergaß er dabei, dass er sich in einem Sportgeschäft befand und seine «Gegnerin» keine Geringere war als Tiana. Der Ball flog im hohen Bogen auf sie zu und da der Schuss sehr weit ging, sprang auch sie einen Schritt zurück, um ihn abzufangen. Fehlanzeige. Sie fiel gegen ein Regal, in dem ein paar Sportschuhe gelagert waren. Einige der Exemplare lösten sich und fielen auf Tiana.

Coel zuckte kurz zusammen, bevor er auf sie zueilte und nach ihrem Arm griff, um ihr aufzuhelfen.

«Alles in Ordnung?», fragte er besorgt.

«Ja, es geht mir gut.»

Kaum hatte er ihr aufgeholfen, kamen auch schon zwei Mitarbeiter. «Was ist denn hier passiert?»

«Entschuldigung, tut mir leid. Das war meine Schuld», beteuerte Coel.

«Habt ihr hier drinnen etwa Volleyball gespielt?», fragte einer der Mitarbeiter bose und hob den Ball auf.

Coel traute sich nicht, zu antworten, doch sein Blick verriet seinem Gegenüber, dass dieser den Nagel auf den Kopf getroffen hatte. Der Mitarbeiter sah sich um und wandte sich dann wieder Coel zu. «Schon gut. Ist ja nichts kaputt gegangen, aber unterlasst das bei eurem nächsten Besuch.» Er deutete mit dem Ball auf Coel und dieser entschuldigte sich nochmals. Danach verließen er und Tiana das Geschäft.

Als sie draußen angekommen waren, wandte sich Coel sofort an Tiana.

«Hast du dir auch nicht wehgetan?» Er war noch immer besorgt, denn ihr Stunt hatte sehr gefährlich und die Landung schmerzhaft ausgesehen.

«Nein, es geht mir gut, Coel. Danke für...» Ihr Blick schien auf etwas Bestimmtes zu fallen. «Ein Buchladen. Da müssen wir rein.»

Ohne ein weiteres Wort zu sagen, zog sie Coel mit sich und betrat die Buchhandlung. Sie hatte wohl kaum Schmerzen, wenn sie wieder so große Begeisterung für etwas Neues haben konnte. Natürlich war es ein Fachgeschäft für Bücher. Coel musste in sich hineinschmunzeln, als ihm bewusst wurde, dass er schon einiges über Tiana wusste, obwohl er sie noch keine zwei Tage kannte.

Tiana stöberte durch die Regale, während Coel die verschiedenen Motive von Notizbüchern, die nahe der Kasse standen, musterte. Dabei fiel ihm ein Besonderes auf. Es besaß einen alten Ledereinband und darauf war eine Feder abgebildet.

Der Schmuck, den Tiana trug, war ihm schon beim ersten Treffen aufgefallen. Federn schienen ihr zu gefallen. Also beschloss er, es für sie zu kaufen.

Nachdem sie das Geschäft verlassen hatten, steckte Tiana ihre Errungenschaften in den kleinen Rucksack, den sie bei sich hatte.

«Nur zwei Bücher?», fragte Coel ungläubig, da er mehr erwartet hatte.

«Ich muss sie ja noch eine Weile herumtragen, also müssen die zwei vorerst reichen.»

Tiana wirkte sehr zufrieden und Coel beschloss, ihre gute Laune noch zu steigern. Er zog das Notizbuch aus einer Tüte und reichte es ihr. «Hier. Für dich.» Vorsichtig nahm sie es in die Hände und berührte den Einband. «Na ja, weil du meinetwegen gegen das Regal gefallen bist und... da kannst du gleich die Notizen für deine Arbeit über Volleyball reinschreiben.» Coel kratzte sich verlegen am Kopf.

Als Tiana über die Feder strich, hatte Coel das Gefühl, dass etwas nicht stimmte. Sie schloss kurz die Augen und er entdeckte eine Träne, die ihr über die Wange lief.

Tiana wandte sich ab und blickte hoch zum Himmel. Sie atmete tief ein und aus und blickte wieder in Coels Richtung.

«Danke.» Sie schenkte ihm ein Lächeln, das seine Knie weich werden ließ. Da sie scheinbar eine traurige Verbindung mit der Feder verband, wollte er nicht weiter nachhaken. Vor allem, da er schon ahnte, an wen sie ihn erinnerte.

Coel legte Tiana aufmunternd eine Hand auf die Schulter. «Möchtest du jetzt lieber nach Hause?»

«Was?», rief sie schockiert. «Nein. Dann wäre unser Date ja schon vorbei.»

Sie schien sich zu schämen und Coel beschloss, dass nun der richtige Zeitpunkt war, sie aufzuklären.

«Hör zu», begann er und kratzte sich dabei am Kopf. «Die Sache mit dem Date... Also, vielleicht... Vielleicht solltest du es eher als ‹ein Treffen unter Freunden› betrachten.» Verlegen blickte er in ihre Richtung und wartete auf eine Antwort.

«Oh, verstehe. Ich dachte mir schon, dass es kein richtiges Date sein kann. Ich meine, ich sehe dich auch eher als Freund.»

Sie lächelte ihn gekünstelt an und Coel hatte das Gefühl, sie gekränkt zu haben. Doch er wollte ihr keine falschen Hoffnungen machen. Und vor allem wollte er nicht mit der Frau, auf die er aufpassen sollte... Am besten wäre es, sie und auch sich selbst auf andere Gedanken bringen.

«Sag mal», begann er, «bist du schon mal auf einem Moped gesessen?»

«Nein. Warum?»

«Ich habe da so eine Idee», sagte er und grinste ihr frech entgegen.

Bei Coels Fahrzeug angekommen, stand Tiana nur mit offenem Mund da und staunte nicht schlecht. Hatte sie noch nie ein Moped gesehen? Unwahrscheinlich. Dennoch machte dieses Gefährt offenbar Eindruck auf sie.

«Sollen wir lieber zu Fuß gehen?», bot Coel an, da ihr der Schock ins Gesicht geschrieben stand. Doch sie schlüpfte in ihre Jacke hinein und zog ihre Haare hervor, die sie darin eingeklemmt hatte. Mit einer geschmeidigen Bewegung warf sie sie nach hinten, während Coel sie eindringlich musterte. Er sah ihr zu, wie sie ihre Hände durch ihr Haar gleiten ließ, langsam ihre Jacke zuknöpfte und ihr süßer Hals darin verschwand. Er musste zugeben, dass es ihm gefiel, wie sie sich ihre Jacke anzog. Ihm wurde heiß und das lag garantiert nicht am Sommer. Bevor Coel komplett den Verstand verlor, griff er noch einmal in den Gepäckkoffer seines Mopeds und holte einen Helm heraus. Als er ihn Tiana reichte, berührten sich ihre Finger und Coels Herz machte einen Sprung.

«Und? Wie sehe ich aus?», wollte Tiana wissen, nachdem sie den Helm aufgezogen hatte.

«Passt wie angegossen», schmeichelte ihr Coel.

«Hast du den für deine Freundin gekauft?»

«Nein. Meistens fährt Leo mit. Deshalb habe ich den Helm immer dabei.»

Tiana begutachtete den großen Stauraum, während Coel ihn schloss, und setzte sich auf das Moped.

«Ich bin bereit.»

«Okay. Dann halt dich gut fest.»

Coel musste Grinsen, während er mit rasender Geschwindigkeit den Parkplatz verließ. Tiana klammerte sich an ihn und er spürte ihre wohlige Wärme in seinem Rücken. Er konnte sich keineswegs darüber beschweren. Im Gegenteil. Er wollte mehr von ihr fühlen. Als ihr Griff fester wurde, vermutlich aus Angst, vom Moped zu rutschen, presste Tiana ihren Körper noch kräftiger an seinen. Ihre Berührungen vernebelten Coels Sinne, sodass er beinahe auf die Gegenfahrbahn fuhr. Ein Hupen riss ihn im letzten Moment aus seiner Trance. Schnell erinnerte er sich wieder an seine Aufgabe und versuchte alle übrigen Gedanken, die seinen Fahrstil beeinflussten, zu unterdrücken.

Ganz gleich, wie sehr sein Körper sich nach dieser Frau verzehrte, oder wie hübsch er sie fand, er musste sich auf das Wesentliche konzentrieren.

Kapitel 4:
Das Interview

Tiana

«Wer bin ich?», fragte Tiana, während sie David die
Augen zuhielt.

«Die schönste Frau der Erde?», antwortete er.

«War das eine Frage?» Sie nahm die Hände von seinem
Gesicht und setzte sich neben ihn.

«Nein.» Zärtlich küsste er sie auf die Lippen. «Was
machst du denn hier?»

«Ich weiß, du hast gesagt, du musst heute lernen,
aber...» Sie stand auf und deutete auf die Wiese neben
sich. «Ich glaube, der Garten lenkt dich nur ab.»

David lachte. «Wie kann mich denn ein Garten ablen-
ken?»

Tiana wusste genau, was sie nun antworten musste. Sie
setzte sich auf seinen Schoß, schloss ihre Arme um seinen
Hals und küsste ihn. «So.»

«Das ist aber nicht der Garten», drangen die Worte mit
seiner tiefen Stimme an ihr Ohr.

Einen Moment sah er ihr tief in die Augen, bevor er langsam ihr Gesicht zu seinem zog und sie erneut kusste.

«Offenbar», flüsterte Tiana, «ist der Garten doch gut
für dich.»

Ein charmantes Lächeln umspielte seine Lippen. «Aber wenn ich nicht lerne, werde ich die Polizeischule nicht schaffen.»

«Ich mag deinen Ehrgeiz.» Sie schenkte ihm einen letzten Kuss, bevor sie von ihm abließ und von seinem Schoß stieg. «Na gut. Ich werde wieder gehen.» Als sie sich umwandte, hielt sie eine Hand zurück.

«Warte. Was hältst du davon, wenn ich dich am Abend besuche und wir uns einen Film ansehen?»

Sie konnte ihm nicht widerstehen. «Das klingt gut.»

David zog sie zu sich und gab ihr einen leidenschaftlichen Kuss. Seine Zunge berührte ihre und erforschte ihren Mund. Bis sie wieder den Weg hinausfand und er Tiana tief in die Augen blickte.

«Das sollte bis heute Abend halten.»

Auf dem Weg zum Training der Illinois Sharks war sie mehr als aufgeregt. Sie wusste nicht, ob es an dem Interview lag, das sie für ihre Arbeit brauchte, oder daran, dass sie Coel spielen sehen würde. Fühlte sie diese Nähe zu ihm wegen David? War Coel nur ein Lückenbüßer, weil er ihm so ähnlich war? Die beiden könnten Brüder sein. Sie hätten sich bestimmt gut verstanden, wenn... Tianas Blick ging gen Himmel und sie atmete die frische Luft ein.

«Hoppla.»

Tiana wurde in die Realität zurückgeschleudert und war offenbar in jemanden hineingelaufen. Als sie sich umsah, blendete sie die Sonne etwas. Dann erblickte sie ihn.

«David?» Plötzlich versteifte sich alles.

«Wer? Nein. Ich bin's, Coel.»

Jetzt erkannte sie ihn. Die Sonnenstrahlen hatten ihr offenbar einen Streich gespielt. Vorsichtig griff er ihr an die Stirn.

«Du bist wohl doch heftiger gegen mich gerannt als vermutet.»

Sofort machte sie einen Satz zurück und versicherte sich noch mal, dass es Coel und nicht David war.

«Alles okay? Geht's dir nicht gut? Deine Stirn war ziemlich heiß, als ich sie berührt habe. Vielleicht solltest du was trinken. Komm, der Trainingsplatz ist gleich da vorne.»

Tiana stand noch immer neben sich. Wieso tauchte Coel immer auf, wenn sie an David dachte? Oder war es umgekehrt? Schweifte sie mit ihren Gedanken jedes Mal zu David ab, wenn sie wusste, dass sie bald Coel sehen würde?

Das reichte. Sie musste sich auf ihre Arbeit konzentrieren. Schließlich war sie hierhergekommen, um mehr über Volleyball zu erfahren. Obwohl ihr ein Glas Wasser und ein bisschen Schatten bei diesem Wetter sicher nicht schadeten.

Hinter einem hohen Gitter befand sich der Trainingsplatz, was Tiana an dem Netz in der Mitte des Feldes erkennen konnte. Daneben stand ein kleines Häuschen, auf das Coel zusteuerte.

«Warte.» blieb er stehen. «Gib mir lieber deine Hand.»

«Was? Wieso?» Das kam unhöflicher rüber als beabsichtigt. «Ich meine, wofür?»

«Ist so eine Art Sicherheitsmaßnahme», meinte er grinsend. «Meine Teamkollegen sind fast alle single.»

«Hä?»

«Sie können sehr aufdringlich werden, wenn du verstehst, was ich meine.» Coel schritt zur Tür, als er bemerkte, dass sie nicht darauf einstieg. «Ist deine Entscheidung.»

Wie von der Tarantel gestochen, schoss Tiana nach vorn, ergriff seine Hand und klammerte sich förmlich an ihn. Daraufhin blieb er kurz stehen, sah sie an und lächelte.

«Wenn ich gewusst hätte, dass das Interview so gefährlich wird, hätte ich mir eine andere Sportart gesucht.»

Coel lachte. «Keine Angst. Bei mir bist du sicher.»

Gemeinsam betraten sie die Umkleide, in der zum Glück alle angezogen waren. Tiana fragte sich, warum er sie hierhergeschleppt hatte. Sie sah sich um und entdeckte elf Volleyballspieler, unter ihnen auch Leo.

«Hey, du bist ja wirklich gekommen», rief er ihr zu und grinste frech in ihre Richtung.

«Du hast sie doch eingeladen», verteidigte Coel sie sofort.

«Ja, aber...» Leo unterbrach sich, blickte auf ihre Hände und dann auf Coel und Tiana. «Seid ihr beide etwa ein Paar?»

«Wonach sieht's denn aus?», spielte Coel den coolen Eroberer.

«Da hast du ja nicht lange gefackelt», zog Leo ihn auf. «Und dass, obwohl du sie anfangs nicht leiden konntest.»

«Das war ein Missverständnis», erklärte Coel, ließ Tianas Hand los und ging zu einem der Spinde.

In dem Moment wurde Tiana erst bewusst, dass sie alle Jungs anstarrten, als wäre sie ein Stück Fleisch, um das man kämpfen müsste. Einigen von ihnen hätte sie am liebsten die Kinnlade wieder hochgeschoben, die ihnen heruntergekippt war. Hatten die noch nie eine Frau gesehen oder was war ihr Problem? Dabei hatten sie doch bestimmt viele weibliche Fans, denn die meisten von ihnen sahen ziemlich gut aus. Auch wenn Coel der Attraktivste war. Nein.

Moment, das durfte sie nicht denken. Sie waren nur gute Freunde.

«Hier, die ist für dich», unterbrach Coel ihre Gedanken und reichte Tiana eine Wasserflasche.

Nach ein paar wohltuenden Schlucken ging es ihr schon deutlich besser und sie begann, die ersten Infos über das Spielfeld und die Umkleidekabinen aufzuschreiben. Auch ein paar der Spieler wollte sie einbauen, um ihre Größe und Statur zu beschreiben. Mit den Interviews musste sie allerdings bis nach dem Training warten.

Sie hatte sich inzwischen draußen auf eine Bank gesetzt und sah den Spielern zu, wie sie trainierten. Auf der einen Seite befanden sich sechs Spieler und auf der anderen ebenso. Aber das wusste sie bereits aus ihren eigenen Erfahrungen. Der Coach stand neben dem Feld und gab dem Team regelmäßig Tipps oder schimpfte, wenn ihm ein Spielzug gewaltig gegen den Strich ging.

Coel stand vorne in der Mitte, hatte also die Position des Mittelblockers. Leo hingegen war Zuspieler, was bedeutete, dass er vorne außen stand und meist Coel den Ball zuwarf, damit dieser ihn über das Netz schießen konnte.

Nachdem sie einiges in ihrem neuen Notizbuch festgehalten hatte, las Tiana alles noch einmal durch, wobei ihr bewusst wurde, was sie geschrieben hatte.

«Zeig mal, was da über mich steht», meinte Leo im Vorbeigehen, als das Training zu Ende war. Er riss Tiana geschmeidig das Buch aus der Hand und las laut vor. Sofort wollte sie ihm die Notizen wieder wegnehmen. Doch als Leo anfing zu lesen, erstarrte sie.

«Das Spiel beginnt. Auf jeder Seite stehen sechs Spieler.»

Tiana wollte keinesfalls, dass Coel das hörte. Ihr wurde schwummrig und sie begann, zu zittern.

«Coel ist Mittelblocker und sieht echt gut aus in seinem Trikot. Die Farben passen zu seinem dunklen und geheimnisvollen Teint...» Leo hielt inne und Tiana konnte sehen, wie ihn das schlechte Gewissen plagte. «Entschuldige», bat er sie und hielt ihr das Notizbuch hin, welches Tiana schnell ergriff. Sie entdeckte Coel, der sie mit offenem Mund anstarrte, und wusste nicht, was sie sagen oder tun sollte. Das war ihr alles so peinlich!

Da sie keinen anderen Ausweg sah, beschloss sie, das Weite zu suchen. Schnell lief sie in Richtung Ausgang und Coel eilte ihr hinterher.

«Tiana, warte!»

Obwohl sie eigentlich davonlaufen wollte, hielt sie an und drehte sich langsam zu ihm. Überlegte, wie sie dieses Missgeschick erklären konnte.

«Ich...»

«Das hast du gut gespielt», unterbrach Coel sie.

«Was?»

«Na ja, da du für heute meine Freundin bist, hast du wohl diesen Text eingebaut. Oder nicht?»

Er hatte recht. Die anderen fanden die Zeilen wahrscheinlich gar nicht so merkwürdig, denn Coel hatte ihnen allen klargemacht, dass sie seine Freundin war.

«Ja, du hast recht. Aber irgendwie war es doch ein bisschen übertrieben. Findest du nicht?», erwiderte sie zögerlich und lachte.

«Nein. Das war echt süß.»

Jetzt war Tiana verunsichert. Was sollte das? Spielte er auch seine Rolle oder meinte er es wirklich ernst? Er hatte ihr offenbar die Geschichte abgekauft, aber wie dachte er wirklich über sie?

«Hey, ihr beiden!», rief ihnen Leo zu. «Wir gehen jetzt duschen und danach wollen ein paar von uns noch einen Happen essen. Kommt ihr mit?»

«Klar», antwortete Coel. «Du kommst doch noch mit, oder?», fragte er und wandte sich an Tiana.

«Ja. Ich muss euch ja noch interviewen.»

Coel nickte zustimmend und verschwand dann ebenso in dem Häuschen mit den Umkleidekabinen.

.. .. ..

Eine halbe Stunde später waren sie in einem kleinen Burgerladen angekommen und setzten sich an einen freien Tisch. Ein paar der Spieler, so wie der Coach, waren schon nach Hause gefahren.

Tiana ließ sich am Ende einer Bank nieder und Coel setzte sich neben sie. Gegenüber von ihnen saß Leo und die anderen Volleyballer schlossen zu ihnen auf. Nachdem sie alle bestellt hatten, kamen auch gleich ihre Burger und Getränke, die sie direkt bezahlten. Tiana sagte die ganze Zeit nicht viel, da die Spieler nach dem Training bestimmt großen Hunger hatten und erst mal zu Kräften kommen wollten. Also aß sie, ohne Fragen zu stellen, und wartete mit dem Interview, bis sich Leo an sie wandte.

«Also, Tiana», begann er. «Was willst du wissen?»

«Erzählt mal, wie ihr alle zum Volleyballspielen gekommen seid und was euch daran so fasziniert.»

Leo grinste. «Eigentlich war es anfangs nur eine blöde Wette. Ich bin noch nicht ganz so lange dabei wie Coel und die anderen. Aber ich habe schon immer gerne am Strand Volleyball gespielt. Dort habe ich auch Coel kennengelernt.» Tiana nickte und machte sich ein paar Notizen. «Irgendwann meinte Coel, dass aus seiner Mannschaft ein Spieler ausgetreten sei, und wollte wissen, ob ich nicht Interesse hätte, professionell zu spielen. Daraufhin habe ich ihm gesagt, er müsse mich schon in einem Match besiegen, wenn ich bei ihm und seinem Team einsteigen solle. Also spielten wir und ich verlor.»

«Und was wäre gewesen, wenn du gewonnen hättest?», fragte Tiana neugierig.

«Dann hätte er mich mit einer Volleyballspielerin verkuppeln müssen.» Leo kratzte sich verlegen am Kinn und Tiana musste schmunzeln. Danach ging es reihum weiter, bis sie schließlich bei Coel angelangt war.

«Tja, was hat mich zum Volleyballspielen gebracht?», überlegte er laut. «Sport hat mich eigentlich schon immer fasziniert. Vor allem Ballspiele, die habe ich in der Schule schon gemocht.»

«Wirklich? Das ist interessant», stellte Tiana beeindruckt fest und legte ihr Kinn auf ihre Hände, um ihre Aufmerksamkeit auszudrücken.

«Ja, und als unsere Schule zum ersten Mal ein Volleyballturnier ausgerichtet hat, habe ich mich sofort dafür gemeldet. So kam ich damals in die erste Volleyballmannschaft an der Schule.»

«Du warst bestimmt gut.»

«Einer der Besten», scherzte Coel.

Tiana lachte. «Und dann hast du dich entschieden, professionell Volleyball zu spielen?»

«Ja. Mein Vater fand ein Team, das meinen Qualifikationen entsprach, und meinte, dass man mein Talent fördern müsste.»

«Toll, dass dein Vater dich so unterstützt hat», gab Tiana bewundernd zu.

«Das ist wahr, ich bin ihm auch sehr dankbar dafür. Ich denke, das war der Moment, in dem mir bewusst wurde, wie wichtig Volleyball für mich ist.»

«Wow. Das glaube ich.»

Coel stoppte kurz und sah Tiana abwartend an. Warum sprach er nicht weiter? Überlegte er, wie er fortfahren sollte? Sie sah auf ihre Notizen und bemerkte dann, dass auch die anderen sie anstarrten. «Was ist?», fragte sie schließlich.

«Willst du dir nicht aufschreiben, was ich dir erzähle? So wie bei den anderen.»

«Oh... Ja.» Sofort griff sie nach Stift und Papier, um seine Worte zu notieren. Sie war so fasziniert davon gewesen, wie er von seiner Vergangenheit erzählt hatte, dass sie ihre Arbeit und den Grund dieses Interviews ganz vergessen hatte.

«Tja, so wie's aussieht», brachte sich Leo ein, «werden wir hier nicht mehr gebraucht.» Er stand auf und deutete den anderen an, sich ebenfalls zu erheben. «Kommt. Lasst uns nach Hause gehen.» Dann wandte er sich wieder an Tiana und Coel. «Ihr beide schafft das Interview ganz alleine», teilte er mit und zwinkerte ihnen zu.

«Was? Ihr wollt schon gehen?» Coel war offenbar ebenso überrascht wie Tiana.

«Ja, es wird Zeit», erwiderte Leo knapp und verabschiedete sich, ehe er mit den anderen Spielern den Burgerladen verließ. Langsam wurde Tiana bewusst, dass sie nun alleine mit Coel war.

«Hast du noch irgendwelche Fragen, Tiana?»

«An dich? Nein. Wieso sollte ich was von dir wissen wollen?», versuchte sie, ihr offensichtliches Interesse an Coel zu verschleiern. Er sollte nicht realisieren, dass es ihr gefiel, mit ihm alleine zu sein. Ihr Herz war verwirrt in seiner Nähe. Sie wusste nicht, was sie denken oder fühlen sollte. Vor allem aber war sie unsicher, ob diese Gefühle Coel galten oder nur eine Erinnerung an David waren.

«Okay...» Coel kratzte sich kurz am Kopf. «Dann fahre ich dich nach Hause, wenn du willst. Es ist ohnehin schon spät.»

Tiana nickte zustimmend und gemeinsam machten die beiden sich auf den Weg zu Coels Moped, das er vom Trainingsplatz mitgenommen hatte. Er gab Tiana den Helm, den sie aufsetzte, ehe sie hinter ihm auf dem Moped, Platz nahm.

Als Coel losfuhr und der Wind ihr ins Gesicht blies, lehnte sich Tiana an seinen Rücken, um davor Schutz zu suchen und ihm noch näher zu sein. Sie spürte seine Wärme auf ihrer Haut und nahm seinen Duft wahr. Er roch nach einer Mischung aus Minze und Zitrone. War das sein Duschgel? Sie mochte diesen Geruch, der ihre Neugierde weckte, was noch alles unter dieser Kleidung steckte.

«Tiana?», riss seine Stimme sie aus ihren Gedanken. «Wir sind da.»

Langsam öffnete sie ihre Augen und stieg von dem Moped ab. «Tut mir leid, ich bin wohl eingedöst.» Würde er ihr das Glauben?

Coel grinste. «Dann muss ich einen sehr ruhigen Fahrstil haben, wenn du es schaffst, auf dem Moped einzuschlafen.»

«Nein. Dein Rücken war nur...» Sofort war sie wieder bei klarem Verstand. Was hatte sie da gerade sagen wollen? «Vergiss es. Danke für's nach Hause bringen.»

Coel stieg von dem Gefährt ab und legte seinen Helm beiseite. Er öffnete den Gepäckkoffer, damit sie ihren Kopfschutz darin verstauen konnte.

«Also dann», begann Tiana wieder. «Danke, dass du mich nach Hause gefahren hast.»

«Das sagtest du schon.» Coel musste schmunzeln. «Alles in Ordnung?»

«Oh... Ja.» Nervös starrte sie auf den Boden, da sie nicht wusste, wie sie sich von Coel verabschieden sollte. Zudem hatte sie das Gefühl, dass ihr Gesicht sofort rot anlaufen würde, wenn sie ihm nun in die Augen blickte.

Doch Coel wartete nicht, bis sie ihren Blick wieder hob. Er nahm ihr Kinn sanft in seine Hand und zog es zu ihm. «Gute Nacht, Tiana.» Er sah ihr tief in die Augen und küsste sie federleicht auf die Wange. Danach schritt er wieder zu seinem Moped, wo er sich den Helm aufsetzte und davonfuhr.

Erstarrt blieb Tiana zurück und ihr Herz pochte heftiger denn je. Hatte er sie gerade auf die Wange geküsst? Ihr Gesicht glühte immer noch, als sie mit ihrer Hand über die Stelle streifte. Dieser Mann brachte sie immer wieder um den Verstand.

Kapitel 5:
Ein Tag am See

Tiana

Es war ein perfekter Freitag, um baden zu gehen. Tiana freute sich schon darauf, ihre Freunde wiederzusehen und mit ihnen das Wetter zu genießen. Am Strand angekommen, entdeckte sie auch gleich Lucy und Mike, die nebeneinander auf einem großen Handtuch saßen und sich gegenseitig mit Sonnschutz eincremten. Lydia, eine gute Freundin von Lucy und Tiana, lag daneben und ließ sich bräunen.

«Wo ist Coel?», fragte Tiana, als sie ihre Freunde erreicht hatte und ihr Badetuch ausbreitete. Darauf stellte sie ihre Tasche und zog alles, bis auf den Bikini, den sie sich zu Hause schon angezogen hatte, aus.

«*Wo ist Coel? Ernsthaft?*», äffte Lydia sie nach. «Kein ‹Hallo. Wie geht's euch?› Nein. Du fragst natürlich gleich nach deinem Lover.»

«Er ist nicht mein Lover.», protestierte Tiana sofort. «Mir ist nur aufgefallen, dass er nicht da ist. Dabei hat er mir geschrieben, dass er auch kommt.»

«Weiter vorne gibt es einen Volleyballplatz. Dort spielt Coel mit Leo und ein paar anderen Leuten», gab Mike schließlich Auskunft.

«Danke», erwiderte Tiana und wollte schon loslaufen, bis sie sich doch noch umdrehte. «Ich brauche nur noch ein paar Infos für meine Arbeit. Und dort sind auch andere Volleyballspieler, die ich sicher noch nicht befragt habe. Nicht, dass ihr denkt, ich laufe Coel hinterher.» Sie hob den Zeigefinger. «Nur Infos, nichts weiter.» Sie wandte sich zum Gehen und schritt Richtung Volleyballplatz.

«Wem versuchst du hier was vorzumachen?», schrie ihr Lydia hinterher und Tiana konnte hören, wie sie lachen musste. Ihre Freundin hatte sie durchschaut. Trotzdem musste sie nicht gleich jedem auf die Nase binden, dass sie in Coel mehr als einen Freund sah.

«Verdammt! Schon wieder verloren», hörte sie Leo von Weitem fluchen.

Coels und Leos Team hatte Aufschlag, doch ihre Gegner blockten den Ball sofort ab und holten einen Punkt für sich, indem sie ihn ins gegnerische Feld zurückschlugen, wo er den Boden berührte. Erneut verteidigten Coels und Leos Gegner das Feld nach dem Aufschlag, woraufhin der Ball so hoch flog, dass er bei Coels Team im Aus gelandet wäre. Im letzten Moment jedoch fing Tiana den Ball und legte damit einen Auftritt hin, der die Jungs in Staunen versetzte.

«Braucht ihr vielleicht noch jemanden?», fragte Tiana lässig.

«Tiana!», rief Leo fröhlich, rannte zu ihr und umarmte sie freundschaftlich. «Wie geht's dir?»

«Gut, danke. Darf ich mitspielen?», antwortete sie knapp, weil sie die anderen Spieler nicht unnötig warten lassen wollte.

«Du willst mitspielen?», echote Coel, während er sie zur Begrüßung auf die Wange küsste.

Eigentlich sollte sie das nicht aus der Ruhe bringen. Immerhin waren sie gute Freunde und ein Kuss auf die Wange war nichts Besonderes, aber bei Coel war das etwas anderes.

«Klar. So wie ich das sehe, habt ihr ohnehin einen zu wenig.»

«Was war das denn?», fragte Leo empört. «Küss sie doch richtig.»

«Was?» Coel brachte das wohl etwas aus der Fassung. «Wieso sollte ich Tiana küssen?»

Sie konnte sehen, dass Coel leicht rot wurde, und langsam wurde ihr klar, was Leo meinte.

«Seid ihr etwa nicht mehr zusammen?», entkam es Leo überrascht.

«Ach so das. Nein, wir waren nie zusammen», klärte ihn Coel auf. «Wir haben nur so getan, damit die Jungs aus dem Team nicht alle wie die Aasgeier über sie herfallen beim Interview.»

«Ihr habt nur so getan?», wiederholte Leo unzufrieden.

«Ja. Können wir es dabei belassen?» Coel nahm Tiana den Ball ab und hielt ihr die Hand hin. «Komm, ich zeige dir deine Position.»

Tiana sah den verwirrten Gesichtsausdruck von Leo, der zu verstehen begann. Ja, sie hatten Freund und Freundin nur gespielt, aber nicht für lange. Obwohl sie es irgendwie gern wäre. Seine Freundin.

Tiana wurde in der Mitte des Feldes eingesetzt. Es war ein tolles Gefühl, wieder Volleyball zu spielen. Ein paarmal traf sie den Ball erfolgreich, aber leider nicht immer, was sie ein wenig deprimierte.

«Mach dir nichts draus», munterte Coel sie auf, dem ihr Gesichtsausdruck offenbar nicht entgangen war. «Wir liegen trotzdem vorne.»

Der nächste Ball flog so hoch, dass sie ihn nicht mehr erwischen konnte. Sie drehte sich um und sprang in die Höhe, um ihn wenigstens mit den Fingerspitzen in die richtige Richtung zu lenken, da tauchte Coel plötzlich vor ihr in der Luft auf und schlug mit aller Kraft dagegen. Erwischt. Der Ball flog zum gegnerischen Feld, während sie wie in Zeitlupe auf Coel zusteuerte und nicht mehr stoppen konnte. Sie stieß mit dem Kopf gegen seine Brust und kniff die Augen zusammen. Dann spürte sie, wie sich Arme um sie schlangen und sie weich landete. «Alles okay?»

Sie öffnete ihre Lider und blickte Coel entgegen. Langsam setzte sie sich auf und erkannte, dass Coel ihren Sturz mit seinem Körper abgefangen hatte.

«Geht's dir gut?» fragte er erneut.

«Ja.»

«Gut. Kannst du dann von mir runtergehen?»

Wie vom Blitz getroffen sprang sie auf und entfernte sich ein Stück von ihm. Sie hatte auf ihm gesessen! Wieso war ihr das nicht gleich aufgefallen? Jetzt war ihr klar, was so weich gewesen war bei ihrer Landung. Dass Coel zudem nur eine Badehose trug, trieb ihr die Schamesröte ins Gesicht.

«Dein Kopf ist ziemlich rot. Willst du lieber eine Pause machen?»

Er hatte es bemerkt. Wie peinlich!

«Ja», piepste sie, denn genau genommen wollte sie gar nichts sagen.

«Okay. Gehen wir an die Bar», sagte Coel, stand auf und reichte ihr die Hand, die sie zögerlich ergriff. «Spielt ohne uns weiter», gab er den anderen Bescheid.

Leo nickte und die anderen begannen ein neues Match, während Coel Tiana zur Strandbar führte.

«Zweimal kühle Limonade», bestellte Coel. «Und ein kaltes Tuch für ihre Stirn, bitte. Sie ist ein wenig überhitzt.»

«Klar, kein Problem», entgegnete der Barkeeper und reichte Coel ein nasses Handtuch.

Sanfte legte er es an Tianas Stirn und musterte dabei ihr Gesicht. «Hoffentlich ist das kein Sonnenstich. Hast du Kopfschmerzen?»

«Nein. Es geht mir schon besser, danke.»

«Aber dein Gesicht ist immer noch ganz rot.»

«Das liegt nicht an der Sonne», erwiderte Tiana.

«Was?»

«Ach nichts», winkte Tiana sofort ab und senkte den Blick. Wie hatte sie nur so unvorsichtig sein können? So etwas konnte sie doch nicht einfach sagen. Coel sollte auf keinen Fall Verdacht schöpfen.

«Am besten gehen wir zu Mike und den anderen zurück und gönnen uns ein bisschen Ruhe. Ich habe ohnehin schon zu lange gespielt.»

Coel war immer so rücksichtsvoll, seit sie sich nach dem Vorfall in der Eisdiele ausgesprochen hatten. Es war wirklich schwer, ihn nicht mit David zu vergleichen. Vor allem aber war es schwer, sich nicht in ihn zu verlieben. Zumindest für sie.

Tiana setzte sich wieder zu ihren Freunden an den Strand, während Coel ein Tablett mit Cocktails auf einer Hand balancierte und jedem seiner Freunde einen reichte.

«Hat der Barkeeper eine Runde spendiert?», fragte Mike verblüfft.

«Nein, das war Coel», antwortete ihm Tiana.

«Na dann, danke Kumpel.»

«Da ist ja nicht mal Alkohol drinnen», beschwerte sich Leo, der mittlerweile auch dazugekommen war.

«Ich muss heute noch fahren», erklärte Coel.

«Schön. Ich aber nicht.»

«Alkohol ist nicht gerade billig.»

Leo nahm einen Schluck von dem Cocktail. «Na ja. Schmeckt ganz gut.»

«Wie wär's, wenn du dich einfach bedankst?», brachte sich Mike ein.

«Schon gut. Danke, Coel», gab Leo nach und prostete seinem Freund zu.

.. .. ..

Einige Minuten später ruhte sich die Truppe in der Sonne aus, bevor sich alle zum Wasser begaben, um sich abzukühlen. Dreiunddreißig Grad waren eindeutig zu heiß.

Mike nahm Lucy auf die Arme und trug sie zum See, um ihre Füße vor dem heißen Sand zu schützen. Leo und Lydia liefen hingegen um die Wette und verhinderten so, dass ihre Füße zu heiß wurden.

Tiana sprang auf den Schatten am Boden hin und her, die durch die Schirme der übrigen Badegäste erzeugt wurden, und hoffte so, ohne Brandblasen ans Ziel zu kommen.

Coel, der offensichtlich hitzeresistent war, da er gemütlich Richtung See spazierte, bekam einen Lachanfall, als er sie dabei beobachtete.

«Was soll denn das werden?», neckte er sie.

«Der Sand ist viel zu heiß, um darin zu laufen. Ich verstehe nicht, wie du so entspannt sein kannst», gab sie zurück. Doch anstatt zu antworten, schritt Coel zu ihr und warf sie sich über die Schulter. Tiana war sehr schlank und Coel durchtrainiert. So war dies ein Leichtes für ihn.

Für den ersten Moment versuchte Tiana zu realisieren, was so eben geschehen war, doch dann wurde es ihr peinlich.

«Hey! Was machst du da? Lass mich runter», beschwerte sie sich.

«Hör auf, zu meckern. Ich rette dich vor den grausamen Sandmonstern, die deine Füße verbrennen wollen.»

Tiana drehte ihren Kopf, um nach vorne sehen zu können. Da Coel sie an den Beinen festhielt und ihr Oberkörper an seinem Rücken baumelte, erwies sich dies als äußerst schwierig. Sie versuchte, ihn mit einem giftigen Blick zu treffen, doch es gelang nicht. Vor allem, weil Coel sie einfach nicht ansah.

«Abgesehen davon war dein Herumgehüpfe mehr als peinlich», kritisierte Coel sie.

Jetzt hatte er den Blick wirklich verdient. Doch er sah sie noch immer nicht an.

«Hier kopfüber zu hängen, macht es aber auch nicht gerade besser. Am Ende lässt du mich noch fallen», gab die junge Frau schnippisch von sich.

Doch eigentlich gefiel es ihr. Erst jetzt bemerkte Tiana, wie muskulös Coels Arme waren. Er hielt sie in festem Griff. Nein. Sie würde nicht fallen. Selbst wenn sie es wollte.

Tiana fühlte, wie Coels Finger sanft über ihren Hintern streiften. War das ein Versehen? Sie konnte es nicht sagen. Im nächsten Moment wurde ihr bewusst, *wie* nah sie Coel war. Sie trug einen Bikini und er nur eine Badehose. Noch nie war sie einem Mann, mit dem sie keine Beziehung hatte, so nahe gewesen.

Coel setzte Tiana am Seeufer ab und kleine Wellen umspülten ihre Füße.

«Du hast es geschafft», stellte er mit einem Lächeln fest, dann rannte er ins kühle Nass. Als er wieder auftauchte, war er bereits bis in die Haarspitzen durchnässt. Sein Körper glänzte in der Sonne durch die Wassertropfen, die seine Haut benetzten. Seinen wunderschönen Körper.

Tiana schüttelte den Kopf und versuchte die Gedanken zu verdrängen. Wieso kamen sie ihr nur immer wieder in den Sinn?

«Tiana, spielst du mit Wasserball?», fragte Lydia.

Tiana sah auf und nickte zustimmend.

«Coel ist aber in unserem Team», machte Leo allen klar.

«Dann haben die Mädels doch gar keine Chance», erklärte Coel.

«Stimmt. Coel und du seid schließlich Volleyballprofis. Und Wasserball ist das Gleiche, nur eben im Wasser», ergänzte Mike.

«Von wegen!», erwiderte Lydia. «Tiana und ich waren auch in einem Volleyballteam. Und wir waren echt gut. Nicht wahr, Tiana?», rief ihr Lydia mit einem Zwinkern zu.

«Ja. Wir waren ziemlich gut. Seid lieber auf der Hut», warnte Tiana.

«Ziemlich gut? Ich bin im Wasser unschlagbar», gab Coel an.

«Na dann zeigt, was ihr könnt», forderte Lydia.

«Aber verbrennt euch dabei nicht die Finger», bat Lucy und schickte Mike einen Luftkuss. Dieser wurde rot und wusste nichts mehr zu erwidern.

«Konzentrier dich, Romeo und versau es nicht», erinnerte ihn Leo an seine Aufgabe.

.. .. ..

Es dämmerte bereits, als Tiana und Lydia mit Coel bei seinem Moped standen und sich verabschiedeten. Mike und Lucy hatten Leo in ihrem Auto mitgenommen, da dieser noch einen Freund besuchte, der in ihrer Nähe wohnte.

«Ihr habt echt gut gespielt», gab Coel zu und zeigte wieder sein wunderbares Lächeln.

«Es hat auch viel Spaß gemacht», erwiderte Lydia fröhlich. «Nicht wahr, Tiana?»

Diese nickte und fügte hinzu: «Schade nur, dass wir verloren haben.»

«Ach, das macht doch nichts. Beim nächsten Spiel kann das ganz anders ausgehen», winkte Coel ab.

«Ah, ich werde abgeholt», warf Lydia ein, bevor Tiana etwas erwidern konnte. Lydias Eltern waren sehr reich und hatten deshalb einen eigenen Wagen mit Chauffeur, der gerade vor der Gruppe hielt.

«Fährst du mit dem Bus?», wollte Lydia von Tiana wissen.

«Mal sehen. Vielleicht nehme ich mir auch ein Taxi.»

«Soll ich dich mitnehmen? Ich fahre noch bei meiner Schwester vorbei und das ist ja gleich nebenan», schlug Coel vor, während er sich den Kopfschutz anlegte. «Deinen Helm hätte ich dabei.»

Lydia sah ihn entgeistert an. «Ihren Helm?»

Coel öffnete den Gepäckraum seines Mopeds und zeigte ihr den Kopfschutz.

«Den hab ich immer dabei», informierte er sie grinsend.

«Na dann, gute Fahrt», wünschte Lydia und machte noch eine auffordernde Handbewegung, ehe sie im Wagen verschwand.

Coel hielt Tiana den Helm vor die Nase und sie nahm ihn zögernd an.

«Wenn es keine Umstände macht?», wollte sie noch wissen.

«Macht es nicht.»

Tiana setzte ihre Sonnenbrille und den Helm auf. Dann fuhren sie los.

... .

Als sie vor Tianas Haus ankamen und sie vom Moped abstieg, kam Matthew auf sie zu.

«Hi, Coel. Hast du deine Freundin mitgebracht? Mit dem Teil kannst du wahrscheinlich jede abschleppen», scherzte Matthew.

Doch so witzig er es auch fand, verschlug es ihm im nächsten Moment die Sprache, als er erkannte, dass sich niemand Geringeres als seine eigene Schwester unter dem Helm und der Sonnenbrille verbarg.

«Was...?»

«Hey Brüderchen», begrüßte Tiana ihn.

«Darf ich fragen, was das soll?», empörte sich Matthew.

Tiana und Coel starrten ihn nur wortlos an.

«Ich habe sie nach Hause gebracht, damit sie nicht den Bus nehmen muss», erklärte Coel schließlich.

«Ja. So siehst du aus», schnaubte Matthew.

«Ähm... Wie bitte?» Coel verschluckte sich an seinem eigenen Speichel. Darauf war er wohl nicht gefasst gewesen. Zumal selbst Tiana nicht genau wusste, worum es gerade eigentlich ging.

«Du wirst meine Schwester garantiert nicht noch einmal mit diesem Ding nach Hause fahren, ist das klar?», schrie Matthew Coel förmlich entgegen.

«Matthew!», schimpfte Tiana. «Was soll denn das?»

«Komm mir nicht mit *Matthew*, kleines Fräulein», ermahnte er sie.

«Kleines Fräulein? Wie redest du denn mit mir?» Tiana begriff gar nichts mehr und war sichtlich genervt.

«Du kommst jetzt mit, junge Dame. Frauen in deinem Alter haben nicht auf Mopeds zu fahren.»

«Ich bin einundzwanzig. Ich darf sehr wohl auf Mopeds fahren und ich fahre ja nicht einmal selbst.»

«Widersprich mir nicht», erwiderte Matthew. «Coel ist kein Umgang für dich. Er lebt viel zu gefährlich. Ist im Ohr gepierct, fährt Moped. Wo soll das hinführen?» Er zog Tiana am Arm mit sich.

«Was soll das? Lass mich los! Du bist oberpeinlich. Und du bist nicht mein Vater», beschwerte sich Tiana.

«Nein. Aber ich bin dein großer Bruder und ich weiß, was gut für dich ist.»

Noch ein letztes Mal blickte Tiana zu Coel, der völlig perplex auf seinem Moped saß und ihr nachsah. Dann zog Matthew sie mit ins Haus.

Kapitel 6:
Die fremde Frau

Coel

Seit dem Vorfall gestern hatte er nichts von Tiana gehört. Er war der Meinung, dass ihr Bruder überreagiert hatte. Es war nun wirklich kein Weltuntergang, wenn er sie auf seinem Moped mitnahm. Schließlich trug sie einen Helm und Coel hatte einen guten Fahrstil. Das hatten ihm zumindest Leo und Tiana gesagt. Warum er so viel über Tiana nachdachte und warum es ihn so störte, einen Tag nichts von ihr zu hören, konnte er selbst nicht sagen. Ob er Gefühle für sie hegte? Nein. Und wenn, dann waren sie nur freundschaftlicher Natur.

Schnell wurde er wieder aus seinen Gedanken gerissen, als es an der Tür klopfte. Leo war gerade im Badezimmer. Wer also könnte das sein? Er sah durch den Türspion und war nicht sehr erfreut, als er seinen Nachbarn erblickte. Aber vielleicht war es diesmal wirklich der Mann von nebenan.

«Guten Tag, Herr Nachbar.»

«Danke für die freundliche Begrüßung, aber ich bin nicht dein Nachbar», erwiderte sein Gegenüber und trat ungefragt in die Wohnung ein.

«Das dachte ich mir schon. Wieder mein... ähm... Beschützer? Oder wie war das richtige Wort dafür?», fragte Coel scherzhaft.

«Ich bin so was wie dein Schutzengel.»

«Verstehe. Du hast dir ja ziemlich viel Zeit gelassen zwischen dem letzten Treffen und diesem.» Coel ließ sein Gegenüber nicht aus den Augen.

«Und du hast dich in der Zwischenzeit an Tiana rangemacht», meckerte der Fremde, der sichtlich verärgert war.

«Was soll das heißen?», fragte Coel, der diese Anschuldigung nicht auf sich sitzen lassen wollte.

«Ich habe gesagt, dass du auf sie aufpassen sollst. Nicht, dass du ihr neuer Lover werden sollst.»

Zornig blickte er Coel entgegen.

«Wow. Ihr neuer Lover?» Coel musste schmunzeln. «Bist du etwa eifersüchtig?»

«Nein. Ja. Ich weiß es nicht.» Der Fremde atmete einmal tief durch. «Ich will nicht, dass sie verletzt wird.»

Coel realisierte, dass dieser Mann etwas vor ihm verheimlichte. «Du kanntest Tiana», stellte er fest.

«Ich *kenne* Tiana. Sie... Sie war mir früher sehr wichtig.»

Ein ungutes Gefühl beschlich Coel. «Wie ist dein Name? Oder wie war dein Name, bevor du... na ja...»

«Bevor ich starb?»

Coel nickte und der Fremde machte einen Schritt auf ihn zu.

«Ich...»

Noch bevor er den Satz beenden konnte, griff er sich an den Kopf und hob wieder den Blick.

«Coel.» Er sah sich um. «Bin ich wieder in Ihrer Wohnung?»

«Sieht so aus», erwiderte Coel seufzend. Ob er noch eine Antwort auf seine Frage erhalten würde? Heute sicherlich nicht mehr, das stand fest. Sein Schutzengel war fort, wie immer verschwunden, wenn Coel tausend Fragen hatte und verwirrter war als zuvor.

Dieses Mal war es jedoch anders. Diesmal war Coel sich ziemlich sicher, wer dieser Engel oder Beschützer wirklich war. Doch warum zeigte er sich nur ihm? Warum sprach er nicht mit Tiana? Warum versuchte er nicht, mit ihr Kontakt aufzunehmen?

«Entschuldigen Sie», riss ihn eine Stimme aus seinen Gedanken. «Ich habe doch glatt vergessen, warum ich hierher kam. Ich werde Sie nun nicht weiter belästigen.»

Coels Nachbar schritt verwirrt aus der Tür und kratzte sich dabei nachdenklich am Kopf. All das nahm der Sportler nur noch verschwommen wahr, da ihn die Sache mit seinem Beschützer zu sehr beschäftigte.

«War da jemand an der Tür?», wollte Leo wissen, der gerade aus dem Badezimmer schritt.

«Nur der Nachbar. Hat sich schon erledigt.»

«Okay. Das Bad ist jetzt frei.»

Danach verschwand er in seinem Zimmer, um sich umzuziehen. Auch Coel machte sich fertig für den Abend. Sie hatten sich mit ein paar ihrer Volleyballkollegen verabredet, in die Disco zu gehen.

Mal wieder mit einer fremden Frau zu flirten und Spaß zu haben, konnte nicht schaden. Und bei einem Abend mit seinen Kumpels war das vorprogrammiert.

.. .. ..

In der Disco angekommen, begrüßten Coel und Leo ein paar ihrer Teamkollegen und gesellten sich zu ihnen. Zwei von ihnen hatten schon Mädchen neben sich, mit denen sie sich aufgeregt unterhielten. Coel wusste genau, warum sie diesen jungen Frauen so gut zuhörten. Er war schließlich auch ein Mann.

Leo hatte scheinbar auch schon jemanden im Auge. Er deutete auf zwei Frauen, die etwa in ihrem Alter waren.

«Die beiden sind nur diese Woche in der Stadt. Sie sind wegen eines Volleyballspiels auf der Durchreise und wollten auch mal andere Volleyballspieler kennenlernen. Wenn das kein Zufall ist?»

Leo hob die Augenbrauen und Coel ahnte schon, worauf er hinauswollte. Da er nichts zu verlieren hatte, sah er keinen Grund, sich nicht auf eine der beiden einzulassen. Natürlich nur, wenn sie es auch wollte. Und Volleyballspielerinnen oder überhaupt Sportlerinnen waren meist sehr gelenkig. Ob Tiana das auch war? Schließlich hatte sie auch einmal... Halt! Nein! Wieso musste er jetzt wieder an Tiana denken? Coel hätte sich ohrfeigen können. Offenbar verband ihn doch mehr mit ihr als nur Freundschaft. Auch wenn er das zu ignorieren versuchte.

Coel wandte sich zu der dunkelhaarigen Frau um und führte sie an der Hand Richtung Tanzfläche. Er konnte spüren, dass sich seine Lenden nach ihr verzehrten. Vielleicht war es wieder an der Zeit, ein bisschen Dampf abzulassen. Möglicherweise konnte er dadurch seine Gedanken endlich auf etwas anderes lenken.

«Du willst also andere Volleyballspieler kennenlernen?», fragte Coel die Fremde.

«Ja», antwortete diese mit einem erwartungsvollen Grinsen und einer tiefen Leidenschaft in der Stimme.

«Dann zeige ich dir jetzt mal, was ich alles mit dem Ball mache, wenn ich ihn habe.»

Coel wirbelte die Frau einmal im Kreis und ließ sie dann in seine Arme fallen. Als er ihr ins Gesicht blickte, erkannte er sofort, dass sie keine von der schüchternen Sorte war. Sie zog ihn förmlich mit ihren Blicken aus. Also stieg er auf das Spiel ein.

.. .. ..

Als Coel am nächsten Morgen von den Sonnenstrahlen geweckt wurde, legte er sich die Hände auf das Gesicht. Da es nicht besser wurde, fuhr er mit der Hand über das Bett, um einen Vorhang zu erwischen und ihn zuzuziehen. Er musste es wohl letzte Nacht vergessen haben. Dabei streifte er mit der Hand etwas Weiches und mit noch immer zusammengekniffenen Augen tätschelte er noch einmal darauf herum. Langsam drehte er sich zur Seite und öffnete vorsichtig die Augen.

Plötzlich war er hellwach. Er setzte sich auf und starrte auf den nackten Körper neben sich. Eine Frau! Doch wer war sie? Er hatte keine Ahnung. Angestrengt versuchte er, die letzte Nacht Revue passieren zu lassen, doch seine Erinnerungen kehrten nicht zurück. Eine fremde, durchaus schöne Frau lag neben ihm in seinem Bett. Vollkommen nackt. Das war ihm zuvor noch nie passiert. Was war gestern Abend geschehen?

Sofort blickte er unter seine Decke und erschrak, als er bemerkte, dass er keine Boxershorts mehr trug.

«Verdammt», entkam es ihm leise.

Er blickte erneut neben sich, doch die Frau schien noch zu schlafen. Als er seine Unterhose auf dem Boden entdeckte, zog er sie sofort an und schlich sich vorsichtig aus dem

Zimmer. Er schloss die Tür und atmete kurz auf, ehe er beschloss, in Leos Zimmer zu gehen, und ihn zu fragen, was passiert war. Vielleicht wusste er, wer diese fremde Frau war und wie sie mit ihm nach Hause gekommen war.

Leider blieb ihm dazu keine Zeit, denn es klingelte an der Tür. Hilfe suchend wandte sich Coel in seiner Wohnung um. Doch wonach suchte er eigentlich? Er stand noch völlig neben sich. Abgesehen davon, dass er einen unglaublichen Kater hatte. Was auch immer er letzte Nacht getrunken hatte, es war eindeutig zu viel gewesen.

Es klingelte wieder.

«Ich komme schon», sagte er mit seiner rauen Morgenstimme und machte sich auf den Weg zum Eingang. Er hoffte, dass sich nur jemand in der Tür geirrt hatte. Doch als er sie öffnete, traf ihn der Schlag. Tiana!

«Hey! Wie geht's?», fragte er lässig und klopfte ihr auf die Schulter, um so cool wie möglich zu wirken.

«Danke, gut. Und dir?», antwortete sie, als wäre es völlig normal, dass er ihr nur in Boxershorts die Tür öffnete. Coel war so überrascht und zugleich peinlich berührt, dass er nicht wusste, was er sagen sollte. Am liebsten hätte er sich in irgendeiner Ecke verkrochen. Warum war sie überhaupt hier?

«Ich wollte mit dir über diese peinliche Sache mit meinem Bruder sprechen. Darf ich reinkommen?», fragte sie, drängte sich jedoch an ihm vorbei, ohne seine Antwort abzuwarten.

Coel bemerkte, wie Tiana die Wohnung musterte, und wollte nicht, dass sie etwas entdeckte, was ihn als vollkommenen Vollidioten dastehen ließ. Zumal er sich gerade einfach nur vor sich selbst ekelte.

«Du hattest wohl eine wilde Nacht», bemerkte Tiana und schritt Richtung Sofa, wo sie einen BH hervorholte.

Coel starb fast vor Scham. Am liebsten wäre er in diesem Moment im Boden versunken. Genau genommen war Frauenunterwäsche auf seinem Sofa nichts Neues, wenn er mit seinen Kumpels unterwegs gewesen war. Dass er sich absolut nicht mehr erinnern konnte, was in der letzten Nacht geschehen war, war jedoch absolut neu für ihn. Es war ihm unangenehm, dass Tiana in seiner Wohnung stand. Sie war schließlich keine seiner Saufkumpels, vor denen er damit angeben konnte. Nein. Sie war Tiana.

Doch noch bevor er etwas sagen konnte, öffnete sich die Tür zu seinem Zimmer und eine hübsche junge Frau mit großen dunklen Augen und langen Haaren trat heraus. Der Größe nach zu urteilen, gehörte das Hemd, das sie trug, ihm. Sie hatte es sich wohl schnell übergezogen, als sie Stimmen nebenan gehört hatte. Verdutzt blickte sie zu Tiana, zu Coel und dann wieder zu Tiana, als sie vor Schreck aufschrie.

«Oh nein! Ich habe doch keine Probleme verursacht, oder? Bist du seine Freundin?», fragte sie Tiana entsetzt.

Tiana schien im ersten Moment perplex. Sie sah zu Coel, der das Gefühl hatte, dass gleich etwas Schlimmes passieren würde. Zum Glück gab Tiana eine Antwort, die Coel aufatmen ließ.

«Nein. Ich bin nicht seine Freundin. Ich bin seine Schwester Tiana», klärte sie die fremde Frau auf, die erleichtert wirkte.

«Oh. Tut mir leid», erwiderte die Fremde. «Normalerweise stelle ich mich nicht so vor bei der ersten Begegnung.» Sie schritt zu Tiana. «Freut mich, dich kennenzulernen. Coel hat gestern viel von dir erzählt. Ich heiße übrigens Lara.»

Tiana schüttelte ihr, immer noch etwas verwirrt, die Hand und schenkte ihr dann ein kleines Lächeln. «Freut mich ebenso.»

Er hatte was getan? Coel konnte sich beim besten Willen nicht daran erinnern. «Was habe ich erzählt?», fragte er deshalb.

«Weißt du das nicht mehr?» Lara lachte. «Du hast mir erzählt, wie gut ihr euch versteht und dass sie dir sehr viel bedeutet.» Sie sah zu Tiana. «Jetzt verstehe ich das auch, da sie ja deine Schwester ist.»

Coels Blick fiel auf Tiana, die die Nachricht positiv aufzunehmen schien. Zumindest nach ihrem süßen Lächeln zu urteilen.

«Ich werde gleich gehen. Ich hab ohnehin noch einen Termin. Ich muss nur schnell meine Sachen...» Lara schien nicht zu wissen, wo sie ihre Kleidung letzte Nacht verloren hatte.

«Ähm... Ich glaube, die gehören dir.»

Tiana deutete auf einen Haufen Kleidung, der unter der Couch hervorlugte.

Leicht errötet griff Lara danach, zog sich schnell an und verschwand lautlos und mit einem zurückhaltenden Lächeln in Coels Richtung aus der Wohnung.

Stille trat ein. Coel wagte es nicht, in Tianas Richtung zu sehen. Ihm war diese ganze Situation immer noch mehr als peinlich. Er hatte keine Ahnung, wie er ihr das erklären sollte. Und er musste sich bei ihr dafür bedanken, dass sie sich als seine Schwester ausgegeben hatte. Ohne sie wäre diese Lana, oder wie sie hieß, vielleicht nicht so schnell verschwunden. Obwohl er verwundert war, wie leicht Tiana diese Lüge von der Zunge gegangen war. Als er sich die passenden Worte in seinen Gedanken zurechtlegte, brach ein lautes Lachen im Raum aus.

Er sah zu Tiana, die sich auf die Couch setzte und sich den Bauch hielt vor lauter Lachen. Sie wollte etwas sagen, doch sie kugelte sich nur vor Belustigung. Sogar ein paar Tränen kullerten über ihre Wangen. Es dauerte ein paar Minuten, bis sie sich wieder beruhigte, nach Luft schnappte und dabei immer wieder ein paar kleine Lacher von sich gab.

Coel starrte in ihre Richtung und wusste nicht was er sagen, nein, wie er reagieren sollte. Er war verblüfft, sauer, dankbar, erleichtert und beschämt zur selben Zeit.

Langsam stand Tiana auf, schritt zu ihm, schon fast wieder ganz normal, und tätschelte ihn am Arm.

«Also, dass du so einer bist, hätte ich nicht gedacht.»

Sie grinste ihn herausfordernd an.

Coel wollte etwas erwidern, doch er konnte nicht, denn sie hatte recht. Er war *so einer*. Er hatte schon öfter Frauen über Nacht bei sich gehabt. Doch einen derartigen Blackout hatte er noch nie erlebt. Er hasste und schämte sich dafür.

«Jetzt zieh nicht so ein Gesicht. So etwas passiert jedem einmal», beruhigte Tiana ihn, die wohl seine verzweifelte Miene bemerkt hatte. «Geh dich duschen, zieh dir was an und dann gehen wir frühstücken.»

.. . ..

Fünfzehn Minuten später war Coel geduscht, angezogen und gestylt. Tiana hatte in der Zwischenzeit die Wohnung gelüftet und einen Kaffee gegen den Kater zubereitet.

«Danke.»

Er nahm die Tasse entgegen und leerte sie in einem Zug.

«Wow. So schlimm?», schloss Tiana daraus.

Er nickte nur bestätigend.

«Wo ist Leo?», wollte er wissen, als ihm auffiel, dass er seinen Mitbewohner bisher noch nicht gesehen hatte. Tiana zuckte mit den Schultern.

«Hier jedenfalls nicht. Seine Zimmertür stand offen», erwiderte sie, ehe sie fragte: «Wo wollen wir frühstücken?»

«Keine Ahnung», murrte Coel.

«Verstehe. Du bist noch nicht ganz munter. Schon gut. Ich weiß schon, wo wir hingehen können.»

Tiana schritt fröhlichen Mutes voran und Coel folgte ihr. Dabei starrte er auf ihre kurvigen Hüften und ihren süßen Hintern. Was sollte das jetzt? Er klatschte sich mit einer Hand auf die Stirn, um sich selbst zu bestrafen. Er musste endlich aufhören, sie so anzusehen.

Langsam kehrten die Bilder der letzten Nacht zurück. Er wusste, dass er gestern in Gedanken nur bei ihr gewesen war. Und alles, was er gesagt oder getan hatte, galt eigentlich Tiana und nicht dieser... Lana... oder wie sie hieß. Schon wieder hatte er ihren Namen vergessen. Im Moment hatte er wahrlich nur für eine Frau Platz in seinem Kopf und das war Tiana.

«Alles in Ordnung, Coel?», fragte Tiana, die zu bemerken schien, wie sehr er seinen Gedanken nachhing.

«Mir ist irgendwie schlecht...»

Noch bevor sie etwas darauf erwidern konnte, deutete ihr Coel mit einem Finger an zu warten und drehte sich weg von ihr. Dann musste er sich übergeben.

Tiana holte ein paar Taschentücher aus ihrer Handtasche und reichte sie ihm. Nachdem er sich damit abgewischt hatte, ging sie mit ihm langsam zur nächsten Parkbank. Er war nur froh, dass sie den Weg durch den Millennium Park genommen hatten und nicht auf der Hauptstraße entlangliefen.

«Ich werde dir in der Apotheke schnell ein paar Medikamente gegen Übelkeit holen. Ich bin gleich wieder zurück», teilte Tiana Coel mit, während sie schon am Gehen war. Falls Tiana die Situation unangenehm war, verbarg sie es gut. Sie war wirklich fürsorglich.

Coel war immer noch speiübel. Er lehnte sich auf der Bank zurück und legte sich die Hand auf die Augen, um nicht von der Sonne geblendet zu werden. Die Situation war ihm äußerst peinlich, doch hatte er keine Kraft mehr, sich damit zu beschäftigen. Im Moment war er nur froh, dass er jemanden hatte, der sich um ihn kümmerte.

.. .. ..

Coel hoffte, dass sein bester Freund zu Hause war. Mike wusste, welche Last auf Coels Schultern lag. Er wusste, was nach Coels Unfall geschehen war und warum er Tiana half und ihr zur Seite stand. Coel hatte es ihm im Vertrauen erzählt, da ihn die Vorfälle mit seinem Nachbarn und dem Hotdog-Verkäufer so sehr verwirrt hatten. Er musste unbedingt mit ihm reden. Für gewöhnlich war er nicht der Typ, der groß über Gefühle sprach, aber die Situation, in der er sich befand, erforderte es.

Als Mike die Tür öffnete, war Coel erleichtert. Er war die Treppen zu ihnen in den fünften Stock hochgerannt und ziemlich außer Atem. Sein Blick war ernst und er wollte keine Zeit mehr vergeuden.

«Wir müssen reden.»

Ohne auf eine Antwort zu warten, schritt Coel an Mike vorbei und setzte sich auf die Couch.

«Komm rein. Mach es dir gemütlich. Ja, mir geht's auch gut», redete Mike mit sich selbst. Dann wandte er sich, leicht verwirrt und etwas verärgert über Coels Verhalten, um und wartete. Er wollte wohl wissen, was er dazu zu sagen hatte. Doch Coel musste erst einmal verschnaufen, da ihn die Treppen doch mehr geschafft hatten als vermutet. Zudem wollte er nicht auf Mikes Spiel einsteigen, auch wenn er wusste, dass es unhöflich war, sich einfach selbst einzuladen.

«Coel, was machst du denn hier?», fragte Lucy, die nun auch ins Wohnzimmer kam.

Coel sah kurz zu ihr auf und dann zu Mike. «Tut mir leid, dass ich hier einfach so reinplatze, aber ich brauche eure Hilfe.»

Lucy und Mike sahen sich ernst an, ehe sich sie sich links und rechts von ihm auf das Sofa setzten.

«Dann erzähl mal», forderte Lucy ihn auf.

«Tiana. Ich habe ihr heute vor die Füße gekotzt.» Er machte eine Pause. «Nachdem sie mich mit einer fremden Frau erwischt hat.»

«Moment», war es sofort von Mike zu hören. «Sie hat euch in deinem Schlafzimmer erwischt?»

«Nein. Sie stand vor der Tür, nachdem ich gerade einmal ein paar Sekunden wach war. Ich war gestern mit den Jungs vom Volleyballteam in einer Disco. Dort habe ich eine Frau kennengelernt.»

«Die du mit nach Hause genommen hast», ergänzte Mike.

«Ja. Und ich hatte keine Ahnung mehr, wer sie war.» Er atmete einmal tief durch. «Tiana hat sich als meine Schwester ausgegeben, um mir Schwierigkeiten zu ersparen. Dann wollten wir in die Stadt frühstücken und auf dem Weg dorthin habe ich mich übergeben.» Coel sah Mike und Lucy kurz an. «Nachdem sie mir aus der Apotheke ein Mittel gegen Übelkeit gebracht hat, brachte sie mich wieder nach Hause. Und dann bin ich gleich zu euch gefahren.»

«Ganz ehrlich», war es von seinem besten Freund zu vernehmen. «Ich höre da kein Problem raus. Ich meine, sie hat dir geholfen und sich um dich gekümmert. Was ist schon dabei? Verstehst du das, Schatz?», fragte er und blickte zu Lucy.

«Nein, ich verstehe auch nicht, was daran problematisch ist», gestand sie.

«Es geht nicht um das, was vorgefallen ist...», erklärte Coel wieder. «Da...» Es fiel ihm sichtlich schwer, seine Situation darzulegen. «In der gestrigen Nacht... Ich habe nur so viel getrunken und diese Frau mit nach Hause genommen wegen Tiana.»

Als er seinen Freunden ins Gesicht blickte, fand er dort nur große Verwirrung vor. Daher versuchte er es noch einmal.

«Ich hatte die ganze Nacht, bei jedem Schritt, den ich gemacht habe, bei jeder Berührung dieser Frau, bei jedem Kuss auf ihre Lippen und jedem Wort, das ich zu ihr gesagt habe... All dies galt nur Tiana. Ich habe die ganze Zeit nur an sie gedacht. Ich bekomme sie einfach nicht mehr aus dem Kopf.» Er machte eine kurze Pause, um Lucy und Mike die Gelegenheit zu geben, das alles zu verarbeiten.

«Ich kann einfach nicht mehr aufhören, an sie zu denken. Wenn ich mit ihr spreche, wandern meine Augen an ihrem Körper umher und ihre Stimme klingt wunderschön in meinen Ohren. Ich weiß nicht, was das ist, aber ich glaube ich...»

«Du bist in sie verliebt», schlussfolgerte Lucy und schien sich darüber zu freuen.

Kapitel 7:
Verwirrende Gefühle

Coel

Coel war ratlos. Was sollte er tun? Er wusste nur, dass diese Gefühle, die er für Tiana hatte, nicht sein durften. Sie hatte vor Kurzem jemanden verloren, der ihr sehr viel bedeutete, und war bestimmt noch nicht bereit für eine neue Beziehung. Zudem wollte er Tiana nicht verletzen.

«Mh. Schwierig», durchbrach Mike die Stille.

«Allerdings», stimmte ihm Coel zu.

«Aber was willst du tun, wenn du wirklich in sie verliebt bist? Du kannst deine Gefühle nicht leugnen», warf Lucy ein. «Vielleicht solltest du mit ihr darüber sprechen, auch wenn es nicht einfach für sie sein wird. Immerhin hat sie gerade...» Sie sprach es nicht aus, doch Coel ahnte, worauf Lucy hinauswollte. «Tiana hat vor circa einem halben Jahr ihren Freund durch einen Autounfall verloren.»

«Was?», rief Mike überrascht. «Das sagst du mir erst jetzt?»

«Ich wollte nicht hinter ihrem Rücken über sie sprechen. So etwas muss sie selbst erzählen, wenn sie bereit ist. Aber in diesem Fall musste ich es sagen. Nicht, dass Coel noch in ein Fettnäpfchen tritt.»

«Dafür ist es zu spät», erwiderte Coel. Seine Freunde warteten gespannt, dass er fortfuhr. «Ich habe sie schon einmal gefragt, wie jemand Hübsches wie sie Single sein kann. Daraufhin hat sie mir alles erzählt.» Jetzt bereute Coel es noch viel mehr, Tiana damals auf dieses Thema angesprochen zu haben.

«Verstehe, das ist dann wohl blöd gelaufen», kommentierte Lucy und verzog mitfühlend den Mund.

«Wie war denn der Name von Tianas Freund? Weißt du das, Lucy?» Einen Moment überlegte sie, ehe sie ihm antwortete.

«Er hieß... David. David Brooks. Aber warum willst du das wissen?»

«Danke, es hat mich nur interessiert», winkte er ab und hoffte, dass seine Freundin nicht weiter darauf einging.

Nun hatte er einen Anhaltspunkt. Wenn er das nächste Mal auf seinen Schutzengel traf, musste er ihn darauf ansprechen. Vielleicht würde er so herausfinden, ob er mit seiner Vermutung, was ihn betraf, richtig lag.

«Ich werde sie nicht mehr treffen», beschloss Coel. «Das ist der einzige Weg, sie aus meinem Kopf zu bekommen.»

Plötzlich klingelte Lucys Telefon, weshalb sie den Raum wechselte und die Jungs alleine zurückließ.

Mike nutzte die Gelegenheit, um freier mit Coel zu sprechen. «Glaubst du wirklich, dass du deine Aufgabe dann noch erfüllen kannst? Den Grund, warum du hier bist?»

Coel überlegte einen Moment.

«Du hast eine zweite Chance bekommen, um sie zu beschützen. Du kannst deine Pflicht nicht vernachlässigen. Und das tust du, wenn du ihr aus dem Weg gehst, Coel.»

«Ich weiß.»

Coel war froh, dass Mike über alles Bescheid wusste. Niemandem sonst hatte er davon erzählt, nicht einmal seiner Schwester. Das musste auch weiterhin so bleiben. Nur ihm konnte er sich anvertrauen. Die anderen würden ihn sofort für verrückt erklären.

Warum mussten diese verwirrenden Gefühle genau bei der Frau auftreten, die im Moment sicher kein Interesse an einer Beziehung hatte und die er beschützen sollte? Klar, er war schon mehrmals verliebt gewesen, hatte auch schon ein paar Beziehungen gehabt. Aber diese Verbundenheit, die er zu dieser Frau spürte, war weitaus größer als alles, was er bisher gefühlt hatte. Und das lag nicht allein daran, dass er ihr Schutzengel war.

.. .. ..

Tiana

Auf den Straßen tummelten sich unzählige Menschen, was ungewöhnlich für einen Mittwoch war. Für viele begann wohl gerade die Urlaubssaison oder sie hatten nachmittags nicht so lange Arbeitszeiten. Der Duft des Sommers machte sich in den Straßen breit und ein angenehm warmer Wind streichelte Tianas Haut. Sie genoss den heutigen Tag mit Lydia, die ebenfalls Ferien hatte und ihr von einem Gruppendate erzählte, bei dem sie vor ein paar Tagen dabei gewesen war.

«Kaum zu glauben», begann ihre Freundin entsetzt, «dieses Mal waren nur zwei reiche Männer dabei. Normalerweise findest du dort nur solche oder Kerle, die noch bei ihrer Mutter wohnen.»

«Du hast recht, kaum zu glauben», wiederholte Tiana, die gedanklich damit beschäftigt war, sich vorzustellen, wie solche Männer wohl aussahen.

«Einer hat mit mir sogar in einer anderen Sprache gesprochen», war es wieder entsetzt von Lydia zu hören. «Nicht etwa, weil er aus einem anderen Land stammt, nein, er hat aus einem Film oder so zitiert.»

«Ein Nerd also», schloss Tiana daraus.

«Ja. Ich glaube, er nannte es ‹elbisch›», fügte ihre Freundin hinzu und malte Anführungszeichen in die Luft.

«Sprach er vielleicht von ‹*Herr der Ringe*›?»

«Ja, kann sein.»

«Aber Lydia, die Trilogie kennt doch jeder. Das ist einer der besten Filme aller Zeiten. Den haben wir doch sogar schon mal zusammen gesehen.» Tiana musste lachen.

«Kann sein. Aber nur weil ich ihn einmal gesehen habe, kann ich doch nicht gleich die Sprache. Ich sage dir, der hatte sie nicht mehr alle.»

«Schon klar. So einer ist eben nicht dein Typ.»

«Ja. Zu dir würde er schon eher passen», erwähnte Lydia beiläufig, ehe sie breit grinste. «Hey! Du könntest ja mal mitgehen. Hast du Lust?»

«Oh nein. Lass mich da bitte raus. Ich habe schon jemanden, mit dem ich mich gut verstehe, und im Moment, möchte ich keine Beziehung.»

«Stimmt, du hast ja Coel.» Lydia stupste sie mit dem Arm an und zog dabei immer wieder die Augenbrauen hoch. Doch Tiana strafte sie nur mit einem genervten Blick.

Als sie wieder nach vorne sah, erstarrte Tiana kurzzeitig. Vor dem Blumenladen befand sich ein bekanntes Gesicht.

«Ryan», glitt es ihr über die Lippen.

Obwohl er etwas weiter weg stand, schien er sie gehört zu haben. Er drehte seinen Kopf nach links und ein Lächeln breitete sich auf seinem Gesicht aus.

«Tiana», rief er und freute sich sichtlich, während er zu ihr schritt. Auch Lydia begrüßte er mit einem Kopfnicken.

«Ich glaube, ich gehe kurz in den Laden nebenan. Ich habe mir ein Buch bestellt. Vielleicht ist es schon da.»

So schnell konnte Tiana nicht reagieren, da war ihre Freundin auch schon in dem Geschäft verschwunden. Dann blickte sie wieder zu Ryan und überlegte, wie sie das Gespräch anfangen sollte. Sie kannte ihn schon länger, waren eine Zeit lang ein Paar gewesen, doch sie hatten sich seit zwei Jahren nicht gesehen. Damals hätte sie sich niemals vorstellen können, auch nur einen Tag ohne ihn zu verbringen. Bis es zu einem Zwischenfall kam, der alles veränderte. Und nun stand er vor ihr und sah besser aus als je zuvor. Mit seinen breiten Schultern, dem muskulösen Körper, seinen durchdringenden blauen Augen und seinem rabenschwarzen Haar, das ihm in einem stufigen Haarschnitt bis ans Kinn reichte. Tiana gefielen normalerweise keine Männer mit längeren Haaren, doch Ryan stand die Frisur. Seine bleiche Haut, die einen guten Kontrast zum restlichen Bild bildete, fiel Tiana erst auf, als er ihr eine Strähne aus dem Gesicht streichelte und dabei zärtlich ihre Wange berührte.

«Schön, dich wiederzusehen», drangen die Worte wie im Rausch an Tianas Ohr.

Seine Stimme. Wie sehr hatte sie die vermisst. Sie hatte lange gebraucht, um zu verarbeiten, was damals geschehen war, und obwohl viele Tage seither vergangen waren, fühlte es sich an, als wäre es gestern gewesen.

Jetzt stand er da. Sah sie an, mit dem gleichen Blick wie damals, als wäre nichts geschehen, als wäre keine Sekunde vergangen. Sie wollte schon nach seiner Hand greifen, beherrschte sich jedoch im letzten Moment.

«Es ist auch schön, dich wiederzusehen», erwiderte sie nun und versuchte, so förmlich wie möglich zu bleiben. Dann sah sie zum Blumenladen hinter ihm und versuchte herauszufinden, weshalb er hier war.

«Kaufst du Blumen für deine Freundin?»

Sie hätte sich ohrfeigen können. Wie dumm konnte man sein? Ein ‹Wie geht es dir?› oder ‹Was tut sich so?› hätte gereicht, um mehr zu erfahren. Er hätte ihr sicher einiges erzählt, aber sie musste natürlich mit der Tür ins Haus fallen. Vor lauter Scham verkrampfte sich ihr Gesicht und Ryan entkam ein leises Lachen.

Sofort war Tiana wieder in der Realität und spürte förmlich, wie ihr die Röte ins Gesicht stieg.

«Wie süß», sagte Ryan. «Dein Gesicht hat mir immer schon verraten, was du denkst. Genau das liebe ich an dir.»

Ryan schenkte ihr ein charmantes Lächeln und sie geriet wieder völlig aus der Fassung. Hatte er ihr gerade gesagt, dass er sie liebte? Nein. Er liebte ‹es› an ihr.

«Und nein, ich suche Blumen für meine Großmutter. Sie liegt gerade im Krankenhaus und ich wollte sie besuchen. Ich glaube, du kennst sie noch, Oma Funny.»

Tiana erinnerte sich. Sie war eine wundervolle Großmutter und alle nannten sie Funny, weil sie eine Katze mit diesem Namen hatte. Das sanfte Tier tapste immer fröhlich in der Wohnung herum und schien dabei großen Spaß zu haben.

«Natürlich. Geht es ihr gut? Ich meine...»

«Ja. Sie ist nur alt und stürzt eben leichter. Aber es ist nichts Schlimmes.» Ryan überlegte kurz. «Wie wäre es, wenn ich dich mal auf einen Kaffee einlade und wir über alte Zeiten quatschen?»

«Gerne. Aber ich trinke noch immer keinen Kaffee», erwiderte sie mit einem Grinsen.

«Dann auf einen Kakao.» Ryan lächelte und gab ihr sein Handy, damit sie ihre Nummer eintippen konnte. Dann ließ er es kurz bei ihr klingeln, damit auch sie seine Nummer hatte.

Lydia war mittlerweile mit ihrem Einkauf fertig und gesellte sich zu den beiden, während Ryan eine verabschiedende Handbewegung machte und sich wieder den Blumen widmete.

Schweigend schritten die beiden Freundinnen nebeneinander her, bis Lydia vor Neugierde platzte.

«Jetzt erzähl schon. Wie ist es gelaufen? Was macht er? Hat er eine Freundin?»

«Wir haben uns nur über seine kranke Oma unterhalten.»

Lydia hob fragend die Augenbrauen.

«Keine Ahnung, ob er eine Freundin hat. Darauf ist er nicht eingegangen. Aber er hat mich auf einen Kaffee eingeladen», fuhr Tiana fort.

«Na ja, aber wenn er deine Nummer wollte und dich einlädt, hat er eindeutig Interesse», stellte Lydia fest und zwinkerte ihr zu.

.. .. ..

Zu Hause angekommen, ging Tiana in ihr Zimmer und dachte über die Begegnung mit Ryan nach. Warum tauchte er gerade jetzt auf? Hatte das etwas zu bedeuten? Immerhin war sie seit Kurzem wieder bereit, jemand Neues kennenzulernen. Sie hatte sich Coel geöffnet und fand ihn überaus interessant. Vielleicht wollte ihr das Schicksal jedoch mitteilen, dass sie lieber die Finger von ihm lassen sollte. Zumal sie sich noch immer nicht sicher war, ob diese Anziehung etwas damit zu tun hatte, dass er David so ähnlich war.

Tiana war verwirrt. Ihr Herz wusste nicht, was es wollte. Oder war es ihr Verstand? Was sollte sie tun? Coel war David ähnlich, ja, aber er war eben Coel. Ganz gleich, wie sehr sie ihn mit David verglich, dieser würde nicht zu ihr zurückkehren. Coel konnte David nicht ersetzen. Und Ryan... Er war ganz anders als die beiden. Trotzdem hatte sie mit ihm auch einmal mehr verbunden. Da war Liebe gewesen, vor langer Zeit.

Sie nahm das Foto von sich und David in die Hand, das immer noch auf ihrem Schreibtisch stand, und begutachtete es.

«Na, stör ich dich bei irgendwas?», fragte eine Stimme, als Tiana gerade das Buch zuklappte.

«David!», rief sie, sprang erfreut vom Sessel und lief ihm in die Arme.

«Alles Gute zum Geburtstag, mein Schatz.»

Er küsste sie innig und Tiana spürte, wie ihr Körper nach mehr verlangte. Sie ließ von ihm ab und zog ihn auf ihr Bett. Noch im letzten Moment stützte er sich mit den Händen ab, bevor er auf sie plumpste, und legte seine Stirn an ihre.

«Was machst du denn da?», fragte er mit seiner tiefen Stimme.

«Ich hole mir mein Geburtstagsgeschenk», antwortete sie und grinste ihm frech entgegen.

«Jetzt weiß ich wieder, warum ich früher gekommen bin», bemerkte er und zog sein T-Shirt aus. «Schließlich kann ich dir dieses Geschenk nicht vor den anderen geben.»

Tiana war so überglücklich, dass sie es gar nicht beschreiben konnte. Sie hoffte, dass dieser Tag nie enden würde. Dieses Lächeln, das ihr David schenkte, bedeutete so viel mehr für sie.

«Was soll ich tun, David?», sprach Tiana in die Stille, als sie wieder in der Realität angekommen war. «Ist Coel nur ein Freund? Ich weiß, dass ich Gefühle für ihn habe, die über Freundschaft hinausgehen, aber ich weiß nicht, ob es nur daran liegt, dass er dir so ähnlich ist. Ich will ihn nicht verletzen. Als ich Ryan heute begegnet bin, habe ich dieses Verlangen, geliebt zu werden, mehr denn je gespürt. Ich glaube, die Gefühle für ihn sind noch weitaus stärker als die für Coel.»

Sie stellte das Bild wieder zurück und betrachtete es noch eine Weile. Sie musste ihre Emotionen in den Griff bekommen. David konnte ihr auch nicht helfen. Er würde vermutlich ohnehin nur so etwas sagen wie ‹Du musst auf dein Herz hören›. Schlussendlich musste sie die Entscheidung treffen. Und das tat sie.

.. .. ..

Coel

Coel bemerkte, dass Tiana gedankenverloren Löcher in den Boden starrte. Sie hatte ihn gerade vom Training abgeholt und er überlegte, wie er sie darauf ansprechen sollte. Er wollte nicht zu besorgt oder verliebt klingen, durfte ihr keinesfalls falsche Signale senden.

«Alles okay?», fragte er möglichst neutral.

Tiana blickte erschrocken auf. Offensichtlich war sie tiefer in ihre eigene Welt eingetaucht, als Coel vermutet hatte.

«Ja, natürlich. Warum?»

«Du wirkst... etwas abwesend.»

«Tut mir leid.»

Tiana sah ihn nicht einmal an. Was beschäftigte sie so sehr, dass sie Coel nicht ins Gesicht sehen konnte? Was hatte sie auf dem Herzen? Es schmerzte, sie so zu sehen und nicht zu wissen, was in ihr vorging. Am liebsten hätte er sie in den Arm genommen und ihr gesagt, dass alles gut werden würde. Doch er hielt sich zurück.

Laut klingelte es in Tianas Tasche, die wild herumfuchtelte, um ihr Handy so schnell wie möglich zu erreichen. Sie hatte wohl auf einen Anruf gewartet. Deshalb diese betrübte Miene. Aber worum ging es dabei? Um die Uni oder etwas Privates?

«Hallo?», fragte sie außer Atem in den Hörer hinein.

Sie fing an zu lächeln.

«Nein, du störst überhaupt nicht», bestätigte sie dem Anrufer und nickte zustimmend.

Mit wem sie auch telefonierte, es hatte nichts mit der Uni oder ihren Freunden zu tun, denn in diesen Fällen sprach sie mit einer anderen Stimme und kicherte nicht ständig ins Telefon. Ihre Stimme klang sogar etwas... verliebt.

Coel lief es plötzlich kalt den Rücken hinunter. Er beobachtete Tiana eine Weile aufmerksam. Sie spielte mit ihren Haaren, lächelte nach jedem Satz und hatte eine liebliche Stimmlage angenommen. Um durch nichts abgelenkt zu sein, starrte sie nur auf den Boden, bis sie schließlich stehen blieb.

«Passt, dann bis heute Abend. Ich freue mich schon.» Als sie auflegte und ihr Telefon wieder in ihrer Tasche verstaute, hatte sie diesen verträumten Blick mit diesem weichen Lächeln. Ganz eindeutig. Sie war verliebt. Nicht in ihn. Nein. Es gab einen anderen Mann in Tianas Leben, der ihr Herz höherschlagen ließ. Und sie hatte ihm bis jetzt nichts davon erzählt. Coel spürte einen Stich in seiner Brust. Nicht nur, weil er in Tiana verliebt war. Nein. Sie würde seine Gefühle auch nie erwidern. All seine Hoffnungen waren dahin. Aber vielleicht war genau das der richtige Weg, wie er von den Gefühlen für sie wegkam.

«Coel?», riss Tiana ihn aus seinen Gedanken.

«Ja?» Überrascht blickte er ihr ins Gesicht.

«Ich muss dir etwas erzählen.»

Da war es wieder, dieses Lächeln, das ihn fast um den Verstand brachte. Doch er musste sich beherrschen und dachte an seine Aufgabe, um nicht das Ziel aus den Augen zu verlieren.

«Ich habe jemanden kennengelernt», begann Tiana.

Er hatte es geahnt. Sofort wollte er wissen, wer dieser rätselhafte Anrufer war, was sie mit ihm besprochen hatte und warum sie ihm bis jetzt noch nichts von ihm erzählt hatte. Wie lange gab es diesen geheimnisvollen Fremden schon? Doch er durfte sich nichts anmerken lassen. Sie durfte nicht realisieren, dass er eifersüchtig war.

«Also eigentlich kenne ich ihn schon länger. Sein Name ist Ryan und er ist mein Exfreund.»

Jetzt war Coel verblüfft. Sie war frisch verliebt in ihren Ex? Na das musste ja ein Hammerkerl sein. Die wichtigste Frage war jedoch: Warum hatten sie sich getrennt, wenn er doch so toll war?

«Er hat mich damals betrogen, aber wir sind im Guten auseinandergegangen. Jedem kann so ein Ausrutscher einmal passieren.»

«Wie bitte?», quoll es aus Coel heraus. «Er hat dich betrogen und du bist trotzdem wieder verliebt in ihn und willst dich mit ihm treffen?»

Coel hielt sich sofort den Mund zu, als er bemerkte, was er gerade gesagt hatte.

«Tut mir leid. Ich will nur nicht, dass du ausgenutzt wirst», gestand er sofort.

Tiana dachte einen Moment nach, ehe sie ihm antwortete.

«Ich liebe ihn immer noch, oder wieder. Ich weiß es nicht, aber ich möchte mich mit ihm treffen und es noch einmal versuchen. Falls er das auch will. Hast du irgendwelche Tipps für mich, Coach?»

Coach? Sie wollte doch nicht wirklich, dass er sie in Sachen Liebe beriet. Oder doch? Vielleicht sollte er ihr helfen. Immerhin war es seine Aufgabe, sie wieder glücklich zu machen. Coel musste überlegen. Was sollte er jetzt sagen? ‹Lass es lieber, der Typ hat dich nicht verdient›? Oder sollte er ihr helfen?

«Sei einfach du selbst», fiel ihm dann nur ein.

Tianas Blick war etwas misstrauisch.

«Ihr wart doch schon einmal zusammen und damals hat er sich auch ohne meinen Rat in dich verliebt. Also sei einfach natürlich.»

Auch wenn Tianas Gesicht sagte, dass sie nicht sicher war, ob er ihr gerade wirklich eine Hilfe war, beließ sie es glücklicherweise dabei und dankte ihm für seinen Rat. Gemeinsam gingen sie in die *Billy Goats* Bar, um eine Kleinigkeit zu essen, und Tiana erzählte Coel alles über Ryan und ihre damalige Zeit.

Coel platzte fast der Schädel. Er hätte schwören können, dass dies das längste Essen war, das er je erlebt hatte. Er hoffte, dass er diesem Ryan niemals persönlich begegnen würde, denn ihm kam schon das Kotzen, wenn er nur daran dachte, wie ‹supertoll› dieser Typ war.

Kapitel 8:
Die Strandparty

Coel

«...el.» Was war das? «Coel», war es wieder zu hören.

Langsam und zärtlich wurde Coel von einer süßen Stimme geweckt. Er drehte sich in seinem Bett zur Seite und öffnete vorsichtig die Augen.

«Guten Morgen.»

«Ah!» Sofort rollte er sich auf die andere Bettseite und fiel vor lauter Schreck zu Boden. Beim Aufprall schlug er sich den Kopf an.

«Autsch!», rief er und war noch immer nicht ganz wach.

Er griff sich an die Stirn und setzte sich langsam auf. Lugte dabei auf sein Bett, um zu sehen, ob er das alles nur geträumt hatte. Nein. Es war kein Traum gewesen. Tiana saß in einem süßen Sommerkleid auf der anderen Seite seines Bettes und lächelte ihn freundlich an.

«Hast du dir wehgetan?», fragte sie besorgt, da sich Coel immer noch die Stirn hielt.

«Ja», sagte er mit einer kratzigen Morgenstimme.

«Entschuldige. Ich hole dir etwas Eis.»

Tiana verschwand aus dem Zimmer und Coel musste erst einmal zu sich kommen. Er öffnete das Fenster und torkelte noch etwas schlaftrunken aus dem Raum. Dann setzte er sich auf die Couch und Tiana hielt ihm eine Kühlpatrone aus dem Gefrierschrank an die Stirn. Er hielt sie mit einer Hand fest und sah sie fragend an.

«Tut mir leid, dass ich einfach so reingekommen bin. Leo hat mir die Tür geöffnet. Er ist gerade laufen gegangen. Ich habe frisches Gebäck dabei.»

Coel sah verwirrt auf das Gebäck, das auf dem Wohnzimmertisch stand, und dann wieder zu Tiana. Er verstand immer noch nicht, warum sie hier war.

«Ich wollte dir unbedingt von gestern Abend erzählen, als ich mit Ryan aus war. Es war wundervoll.» Tiana wischte Coel mit einem Handtuch das Kondenswasser aus dem Gesicht, das von der Kühlpatrone lief. «Vielleicht lasse ich dich erst einmal wach werden.»

Er entfernte den kühlenden Gegenstand von seiner Stirn und legte ihn zurück ins Eisfach. Dann schritt er Richtung Bad. Klar ging es um Ryan. Um wen sonst? Dennoch. Er war ihr Freund und sollte ihr zuhören. Ihr Glück hatte für ihn eine größere Bedeutung als sein eigenes.

«Ich putze mir schnell die Zähne und gehe duschen. Dann kannst du mir alles erzählen.»

Tiana sprang fröhlich vom Sofa auf. «In Ordnung, dann bereite ich inzwischen ein gutes Frühstück für uns zu.»

.. .. ..

Einige Minuten später saßen sie zusammen am Frühstückstisch und genossen das frische Gebäck.

«Also», begann Tiana, «danke für deinen Rat gestern, dass ich einfach ich selbst sein soll. Das hat super funktioniert. Ryan war richtig froh darüber, dass ich mich nicht wirklich verändert habe. Er hat mir nur gesagt, dass ich noch viel hübscher und reifer geworden bin.»

Tiana grinste ihr Essen an, als ob es verstehen könnte, was sie sagte.

Schleimer, dachte Coel. Dieser Kerl wollte doch nur versuchen, sie ins Bett zu bekommen. *Der tolle Ryan wird nicht mehr der tolle Ryan sein, wenn er erst bekommen hat, was er will.* Dessen war sich Coel sicher. Doch er wollte Tiana nicht beunruhigen und sie sah wirklich glücklich aus.

«Freut mich, dass dein Date so gut verlaufen ist», log er.

«Danke.» Sie konnte nicht aufhören zu grinsen. «Ach ja, würdest du später mit mir einkaufen gehen? Ich brauche ein Kleid.»

«Ich?» Coel verstand nicht ganz. «Wäre es nicht besser, du fragst eine deiner Freundinnen? Ich glaube nicht, dass ich dir dabei so gut helfen kann.»

Tiana musste lachen. «Schon gut. Mike und Lucy gehen auch mit. Aber ich glaube nicht, dass sie es mir sagen würden, wenn mir ein Kleid nicht steht.»

«Okay. Ich komme mit. Aber wofür ein neues Kleid?»

«Na für die Strandparty heute Abend.»

Strandparty? Coel musste kurz überlegen, dann fiel es ihm wieder ein.

«Ah, ich weiß schon. Die Jungs vom Volleyball wollten da, glaube ich, auch hin.»

«Toll, dann kann ich dir Ryan vorstellen. Ich gehe mit ihm hin. Endlich lernt ihr euch mal kennen.»

Tiana schien sich riesig zu freuen. Nur Coel hatte so seine Zweifel. Toll? Gar nichts war toll. Er hatte keine Lust, diesen ‹supertollen› Ryan zu treffen, der Tiana einst das Herz ge brochen hatte. Ja, er sollte auf sie aufpassen, aber nirgendwo stand, dass er sich mit ihrem schleimigen Exfreund abgeben, geschweige denn mit ihm reden musste. Er würde ihr einfach freundlich von der Seite zuwinken und dann mit seinen Kumpels vom Volleyball reden. Er kannte Männer wie Ryan und traute ihnen nicht über den Weg.

.. .. ..

Coel stand vor dem Spiegel und gelte sich die Haare. Er wollte, dass die Frisur perfekt saß, obwohl sie vermutlich bei dem Wind am Strand nicht lange halten würde.

Plötzlich klingelte es an der Tür und Coel war genervt über den schlechten Zeitpunkt. Seine Hände waren voller Gel und da Leo schon aus dem Haus war, um mit einigen ihrer Kumpel vorzuglühen, konnte er ihm nicht helfen. Also drückte er die Klinke mit seinem Ellbogen hinunter und zog sie langsam mit dem Unterarm auf.

Sein Nachbar trat ein und schritt eilig an ihm vorbei.

«Du musst sie aufhalten», begann er ohne Erklärung.

«Lass mich raten: Du bist im Moment nicht mein Nachbar?», meinte Coel und ging nicht auf seine eigenartige Begrüßung ein. Er lief zurück ins Bad und stylte weiter seine Haare vor dem Spiegel.

«Wir sollten ein Codewort ausmachen, damit du mich in Zukunft erkennst. Wie wäre es mit... Schuhe?», schlug sein Beschützer vor, der ihm gefolgt war.

«Schuhe?»

«Ja, das ist ein neutrales Wort und fällt nicht weiter auf. Und nun zum Wesentlichen. Du musst dafür sorgen, dass Tiana nicht mit diesem Mistkerl auf die Strandparty geht.»

Coel grinste in den Spiegel.

«Was soll dieses dämliche Grinsen?», entfuhr es seinem Besucher.

«Gar nichts. Ich finde es nur amüsant, dass du etwas gegen mich hast und nun auch gegen Ryan.»

«Ich habe nichts gegen dich. Ich wollte nur nicht, dass du Tiana verletzt. Aber Ryan ist ein Vollidiot. Er hat es nicht verdient, Tiana seine Freundin zu nennen. Er wird sie wieder betrügen.»

«Was du nicht sagst.»

«Ist das für dich ein Spiel, Coel? Das ist nicht witzig.»

Coel wandte sich zu seinem Gegenüber. «Das ist kein Witz für mich, aber ich kann nichts gegen ihre Gefühle machen. Sie liebt Ryan.»

«Das tut sie nicht.»

«Mir hat sie etwas anderes erzählt», erwiderte Coel und wusch sich die Hände. «Sag mal, hast du keinen Namen?», fragte Coel, der es überaus lästig fand, den Namen seines Beschützers nicht zu kennen.

«Ja, aber ich kann ihn dir nicht sagen.»

Warum durfte er das nicht? Waren es Regeln, die ihn zurückhielten? Wollte er damit vielleicht jemanden schützen?

«Na schön, dann nenne ich dich ab jetzt...» Er schritt zu seinem Nachbarn und sah ihm tief in die Augen.

«David.»

In diesem Moment sah David ihn an, als hätte er einen Geist gesehen. Seine Finger zitterten leicht und versuchten, an seiner Kleidung Halt zu finden.

«Du warst Tianas Freund. Habe ich nicht recht?» Coel musterte sein Gegenüber eindringlich. «Ich habe es schon länger vermutet. Dein eifersüchtiges Verhalten hat dich schließlich verraten.»

Coel konnte erkennen, wie auf Davids Stirn einige Schweißtropfen auftauchten. Dieser Name schien ihn wirklich aus der Ruhe zu bringen. Davids Lippen formten Worte, doch kein Ton verließ seinen Mund. Er atmete einmal tief ein und aus.

«Du dürftest das nicht wissen. Genau genommen dürftest du nicht einmal meinen Namen kennen.»

Er hatte also richtig vermutet.

«Gut, David.» Erneut zuckte sein Gegenüber kurz, doch Coel fuhr einfach fort. «Ich würde dir wirklich gerne helfen, glaube mir. Ich will ebenso wenig wie du, dass Tiana verletzt wird, aber ich kann nichts gegen dieses Date tun. Oder dagegen, was Tiana für diesen Mistkerl empfindet.»

«Du musst ihr sagen, dass er ein Fehler ist.»

Coel schüttelte den Kopf. «Sie liebt ihn. Außerdem soll ich ihr durch die schwere Zeit helfen und was könnte dabei besser helfen als ein neuer Freund? Ich meine, dann fühlt sie sich zumindest nicht mehr so einsam.» Coel atmete einmal tief durch. Es war eigenartig, mit Tianas verstorbenem Freund über ihren Exfreund zu sprechen. «Ich stimme dir voll und ganz zu, dass Ryan ein Schwachkopf ist, und das, obwohl ich ihn noch nicht mal kennengelernt habe. Aber wir sind hier machtlos. Zudem will ich Tiana nicht ihre Beziehung versauen.» Coel machte eine kurze Pause. «Das Einzige, das passiert, wenn ich ihr sage, dass sie sich von Ryan fernhalten soll, ist, dass sie mich wahrscheinlich hassen wird und sich erst recht mit ihm trifft. Das würde ich zumindest tun, wenn Mike mir von einem Mädchen abraten würde, dass ich liebe.»

David schien kurz darüber nachzudenken. «Na schön, du

willst mir nicht helfen. Aber glaube mir, wenn ich dir sage, dass Ryan sie nicht glücklich machen wird.» Enttäuscht schritt er aus der Wohnung und ging nach nebenan.

Coel wusste, was sein Beschützer meinte. Er verstand ihn sehr gut und war mit ihm einer Meinung, doch er konnte nichts tun. Auch wenn es schwer werden würde, Tiana mit einem anderen Mann zu sehen.

.. .. ..

Coel war am Strand angelangt und die Feier schien schon in vollem Gange zu sein. Am Ufer erkannte er Leo neben zwei hübschen Frauen und auch die restliche Truppe war nicht weit. Er holte sich einen Drink an der Bar und quetschte sich bei ein paar Leuten auf der Tanzfläche vorbei, um zu seinen Kumpel zu gelangen. Auch bei ihnen hatten sich mittlerweile einige Frauen eingefunden, die Coel vom Volleyballspielen am Strand kannte.

«Hey, Coel!», rief ihm eine bekannte Stimme zu.

Er drehte sich um, als Mike und Lucy vor ihm zum Stehen kamen.

«Ihr seid auch hier?», fragte Coel verwundert.

«Klar! So einen Spaß lassen wir uns doch nicht entgehen», rief Mike aus und begrüßte die anderen aus Coels Volleyballteam.

«Hast du Tiana schon irgendwo gesehen?», fragte Lucy.

«Nein.» Und darüber war Coel heilfroh.

Einige Minuten später kam auch Lydia dazu, die ein Date zu haben schien. «Hi, Leute.» Sie winkte ihren Freunden, doch ihre Verabredung zog sie gleich auf die Tanzfläche.

«Wollen wir auch tanzen?», fragte Mike seine Freundin.

«Klar.» Lucy wandte sich an Coel. «Kommst du mit?»

«Nein, danke. Ich möchte erst noch in Ruhe austrinken.» Doch als ihn eine hübsche Volleyballspielerin zum Tanz aufforderte und kaum abzuwimmeln war, gab er nach, leerte sein Getränk in einem Zug und folgte ihr. Ein guter Rhythmus zwischen Salsa und Disco war zu vernehmen und die hübsche Frau schmiegte sich mit ihrem Hintern direkt an Coels Hüften. Er legte seine Arme um sie, versuchte aber, sie auf Abstand zu halten. Immer wieder kam sie ihm näher und umschlang schließlich seinen Hals mit ihren Händen. Doch als er diese von sich nehmen wollte, zog sie ihn fest an sich und steckte ihm ihre Zunge in den Hals. Leider bemerkte er zu spät, dass sich bereits eine weitere Person auf der Tanzfläche befand.

«Coel?»

Wie vom Blitz getroffen, riss sich Coel von der Volleyballspielerin los. Er blickte in die Richtung, aus der die Stimme gekommen war, und starrte in zwei große blaue Augen. Und er wusste nur zu gut, wem sie gehörten.

«Tiana», entkam es ihm wie ein Stöhnen.

Sofort schaute er wieder zu der Frau, mit der er getanzt hatte, und wieder zu Tiana. Hatte sie es gesehen? Hatte sie gesehen, dass sie sich geküsst hatten? Bestimmt, doch es schien sie nicht weiter zu stören. Lächelnd schritt sie auf ihn zu, Hand in Hand mit einem Kerl, und blickte ihm freundlich entgegen.

«Coel, das ist Ryan.»

Sie deutete auf den Mann neben sich und Coels Blick verfinsterte sich. Wenn er ihm telepathisch etwas hätte mitteilen können, wären es wohl diese Worte gewesen: *Du bist also der Herzensbrecher? Versuch es noch ein zweites Mal und du wirst es bereuen.*

Stattdessen machte Coel einen Schritt nach vorn und hielt Ryan die Hand zur Begrüßung hin.

«Freut mich. Ich bin Coel.»

Auch Ryan gab seinem Gegenüber die Hand. «Ah, der Coach.» Er grinste frech und fügte dann noch hinzu: «Den braucht sie jetzt wohl nicht mehr.»

Noch ehe Coel reagieren konnte, zog Ryan Tiana mit sich und sie holten sich an der Bar etwas zu trinken.

Am liebsten hätte Coel ihn auf der Stelle verprügelt. Dieser arrogante, schleimige Mistkerl! Wie konnte sich Tiana in so einen ein zweites Mal verlieben? Er verstand die Frauen nicht, aber er verstand die Männer. Und genau deshalb würde er Ryan keine Sekunde lang aus den Augen lassen, solange er mit Tiana hier war. Also beschloss er, ebenfalls zur Bar zu gehen und sich einen Drink zu gönnen.

«Ich gehe mich schnell frisch machen», verkündete Tiana, als Coel bei dem Paar ankam, und ging Richtung Toilette.

«Ein Bier, bitte», bestellte Coel und macht es sich auf einem der Barhocker gemütlich.

Als Ryan sein Getränk erhielt, setzte er sich neben Coel und grinste ihm frech entgegen.

«So, Coach, hast du ein paar Tipps für mich?»

Coel sah ihn angewidert an, konzentrierte sich dann jedoch sofort wieder auf sein Bier. «Nein. Und ich bin nicht dein Coach.»

«Schon klar. Du bist nur der ‹Coach› meiner Freundin», scherzte Ryan und versuchte offenbar, den Sportler aus der Reserve zu locken.

«Ich weiß nicht, was diese Anführungszeichen sollen,

aber damit erreichst du bei mir nichts», bemerkte Coel so ruhig wie möglich.

«Ich verstehe. Du willst auf sie achtgeben, willst aufpassen, dass ihr nichts passiert und sie nicht an den falschen Typen gerät. Deshalb bist du uns doch zur Bar gefolgt, nicht?»

Coel nahm einen großen Schluck Bier, ohne eine weitere Antwort zu geben, um seine Gleichgültigkeit auszudrücken.

«Ich sehe schon, du willst nicht reden. Du möchtest dich ja nicht mit dem Geliebten deiner besten Freundin anlegen. Du bist ja so erwachsen, Coach. Du bist wirklich ein wahrer Freund.»

Das reichte Coel, doch dieser Mistkerl hatte recht. Er wollte keinen Streit anfangen. Ganz gleich, wie schmierig und arrogant dieser Mistkerl war, wenn Tiana ihn liebte, musste er das respektieren. Deshalb stand er auf und wollte sich von der Bar entfernen.

«Warte mal», forderte Ryan und hielt ihn an der Hand zurück. «Eines solltest du noch wissen: Da Tiana jetzt wieder in festen Händen ist, braucht sie keinen Coach oder besten Freund mehr. Ich will dich nicht in ihrer Nähe sehen und falls sie dich anruft oder dir schreibt, ignorierst du es. Haben wir uns verstanden?»

Coel entriss sich Ryans Griff und blickte ihm finster entgegen.

«Keine Angst», erklärte er ruhig. «Ich bin nicht der, der Probleme macht.»

Ruckartig wandte er sich um und ging. Er hatte keine Lust, auch nur ein weiteres Wort mit diesem ekelhaften Typen zu wechseln. Coel hoffte nur, dass Tiana erkannte, wie er wirklich war, bevor Ryan sie erneut verletzte.

Kapitel 9:
Die Meisterschaft

Coel

Da ihm Ryan gestern die Strandparty gehörig versaut hatte, hatte Coel beschlossen, nach Hause zu gehen. Dafür war er heute sehr früh auf den Beinen. Er war schon eine Runde gelaufen und gerade auf dem Weg zu seiner Wohnung, als ihm ein anderer Läufer zurief.

«Coel, warte!»

Verwirrt blieb er stehen und überlegte, ob er ihn kannte.

«Schu...he...», brachte der Fremde keuchend hervor.

«David?»

Kerzengerade stand er auf einmal vor ihm und war wieder bei Kräften. «Wow... ich habe mich noch nicht an den Namen gewöhnt.»

«Diesmal also nicht der Nachbar oder ein Hotdog-Verkäufer?», neckte Coel, der es überaus amüsant fand, welche Rollen sein Beschützer vor ihm einnahm.

«Nein. Heute mal Sportler», erwiderte David lächelnd, bis sich sein Blick verfinsterte. «Ich habe dir doch gesagt, dass Ryan ein Vollidiot ist.»

«Wow, du kommst gleich auf den Punkt, was?» Coel war überrascht, wie schnell sein Gegenüber das Thema gewechselt hatte.

«Ich kann nie lange in einem Körper bleiben und weiß nicht, wie viel Zeit ich habe. Also, wirst du nun etwas gegen Ryan unternehmen? Jetzt, da du ihn gestern kennengelernt hast?»

Coel atmete einmal tief durch. Er verstand David's Gefühle. Mit Sicherheit konnte David diesen Typen besser im Auge behalten und unter die Lupe nehmen als er. Trotzdem ging es immer noch um Tiana und nicht um ihn.

«Hör zu, David. Ich habe dir schon gesagt, dass ich nichts tun kann. Ich glaube nicht, dass Tiana auf mich hören würde.»

Davids Blick sprach Bände. «Wenn du jetzt nichts unternimmst, wird bald etwas passieren, das nicht mehr aufzuhalten ist.» Er wollte sich zum Gehen umdrehen, als ihm noch etwas einzufallen schien. «Und glaube mir: Tiana hat von dir eine höhere Meinung, als du denkst. Was auch immer du zu ihr sagst, hat großen Einfluss auf sie.»

Mit einem Lächeln verabschiedete sich David und Coel blieb leicht beirrt zurück. Er hatte nicht das Gefühl, dass er großen Einfluss auf Tiana hatte. Irgendwie schmeichelte ihm aber Davids Kompliment und er freute sich darüber.

.. .. ..

Coel war zusammen mit Leo bei Mike und Lucy, um ein bisschen zu chillen und seine Energiereserven für den wichtigen Tag morgen zu füllen.

«Soll ich uns allen ein Eis machen?», fragte Lucy schließlich.

«Das wäre toll, Schatz», meinte Mike begeistert und zwinkerte ihr zu.

«Da sage ich nicht nein», merkte Leo an.

«Ich nehme auch gern eines», bestätigte Coel.

«Gut», sagte Lucy erfreut und ging zurück in die Küche, als ihr Handy klingelte.

«Hallo?»

Kurz herrschte Stille, ehe Lucy weitersprach. Coel ahnte bereits, wer in der Leitung war.

«Hi, Tiana. Hör zu, kann ich dich in einer halben Stunde noch mal anrufen? Die Jungs sind gerade da und ich hab ihnen Eis versprochen.»

Er hatte recht.

«Ja, Leo und Coel.»

Wollte sie Lucy von ihrem gestrigen Abend mit Ryan erzählen? Moment. Das konnte ihm eigentlich egal sein. Sollte es zumindest. Dieser verdammte David. Warum hatte er ihn auch wieder auf diesen Kerl ansprechen müssen?

Plötzlich hörte Lucy wohl nichts mehr.

«Tiana? Bist du noch dran? Hallo?»

Lucy blickte verwirrt auf ihr Handy und legte es beiseite. Sie würde Tiana sicher später noch einmal anrufen. Mit schnellem Schritt ging sie in die Küche, um das Eis aus dem Gefrierfach zu holen. Da das Gespräch so kurz gewesen war, hatte Tiana sicher nicht über Ryan gesprochen, denn das dauerte immer mehrere Stunden. Coel musste leicht schmunzeln, als er diese Erkenntnis hatte. Sie war einfach zu leicht zu durchschauen.

.. .. ..

«Erwartest du noch jemanden?», richtete Lucy ihre Frage an Mike, als es an der Tür läutete.

«Nein», widersprach dieser verwundert, stellte sein Eis auf den Tisch und stand auf, um zu öffnen.

«Hi. Dich hätte ich nicht erwartet», hörte Coel seinen besten Freund sagen.

«Ist Coel noch hier?», nun eine andere Stimme, die Coel nur allzu gut kannte.

«Ja», antwortete Mike und im nächsten Moment kam Tiana ins Wohnzimmer. Wütend starrte sie Coel an.

«Tiana? Wie bist du so schnell hierhergekommen?», fragte Lucy, die mittlerweile auch ihren neuen Gast entdeckt hatte.

«Ich habe mir das Auto meines Bruders geliehen», antwortete Tiana knapp und ließ Coel dabei kein einziges Mal aus den Augen. Auch er wich ihrem Blick nicht aus. Er wusste, was sie von ihm wollte. Nun, er ahnte es. Er war ziemlich schnell von der Strandparty verschwunden, ohne sich zu verabschieden. Sicher ahnte sie, dass etwas zwischen Ryan und ihm vorgefallen war.

«Vielleicht sollte ich besser gehen,» warf Coel trocken ein, stand auf und schritt an ihr vorbei.

Seine Gleichgültigkeit schien sie zu verletzen, er konnte die Tränen erkennen, die ihr in den Augen standen. Trotz allem ging er weiter und ignorierte sie. Sie sollte sich um Ryan kümmern und nicht um ihn.

Jedoch wollte sie ihn nicht einfach gehen lassen. Grob packte sie ihn am Arm.

«Versuch erst gar nicht, wegzulaufen.»

Coel zögerte. «Wie bitte?»

«Du schuldest mir eine Erklärung.»

«Ich schulde dir gar nichts», erwiderte Coel noch immer kalt und wollte ins Vorzimmer gehen, um seine Schuhe anzuziehen. Mit Tianas Sturkopf hatte er nicht gerechnet.

Sie stellte sich in den Türrahmen und blockierte den

Durchgang mit ausgebreiteten Armen.

«Was soll das werden, Tiana? Du weißt, dass ich dich einfach wegheben könnte.»

Finster blickte sie ihm entgegen und ließ nicht vom Türstock ab. Also atmete er einmal tief durch und gab nach.

«Einverstanden. Wenn du willst, gehen wir ein Stück spazieren und reden.»

«Gut.» Tiana machte einen Schritt zur Seite, ließ Coel vorbei und wartete, bis er seine Schuhe angezogen hatte. Er machte eine verabschiedende Handbewegung in Richtung seiner Freunde und öffnete die Tür.

.. .. ..

Sie hatten sich bereits einige Meter vom Wohnhaus entfernt und Coel überlegte, wie und ob er ihr die Wahrheit sagen sollte. Er wollte keinesfalls Streit mit Tiana, doch Ryan war nun mal nicht gerade der freundlichste Typ. Ob sie das wusste? Ryan hatte seiner Freundin sicher nichts über ihr Gespräch gestern erzählt. Wenn dem so wäre, würde Tiana verstehen, warum er gegangen war. Es ärgerte Coel über alle Maßen, dass er genau das tat, was er verhindern wollte: Tiana von sich wegzustoßen.

«Ich will mich nicht mit dir streiten», riss Tiana ihn aus seinen Gedanken. «Aber ich habe das Gefühl, du verheimlichst mir was. Ist was zwischen dir und Ryan vorgefallen?»

Coel sah zu ihr und erkannte erst jetzt, wie verletzlich sie wirkte. Und dann folgte eine fette Lüge. «Nein. Es ist nichts. Nichts, worüber du dir Sorgen machen müsstest. Ich war nur ein bisschen nervös wegen des Spiels morgen und bin deshalb früher nach Hause gegangen.»

Er drehte sich zu ihr und nahm sie in den Arm. Er konnte nicht anders. Sein Instinkt riet ihm, sie zu beschützen, und im nächsten Moment spürte er, wie auch Tiana seine Arme um ihn schlang.

Ein paar Minuten verharrten sie in dieser Position, bis Coel die Stille durchbrach. «Wie wäre es, wenn du mich bei der Meisterschaft morgen anfeuerst? Und wenn wir gewinnen, lade ich dich auf einen Eisbecher ein.»

Tiana sah zu ihm hoch und lächelte ihn erleichtert an. «Das klingt perfekt.»

«Was soll denn das werden, wenn's fertig ist?», fragte Ryan, der plötzlich aufgetaucht war und sich in das Gespräch einmischte. Verärgert verschränkte er die Arme vor der Brust.

Sofort entfernte sich Tiana von Coel und ging zu ihrem Freund. «Ryan. Es ist nicht, was du denkst.»

«Ach nein? Hat nicht gerade ein anderer Kerl meine Freundin fest im Arm gehalten?»

«Das war eine freundschaftliche Umarmung», erklärte Tiana wieder.

Ryan atmete einmal tief durch, schritt an seiner Freundin vorbei und ging zu Coel.

«Merk dir eins Coach: Halte dich von meiner Freundin fern oder du wirst es bereuen», zischte er ihm ins Ohr.

Coel musste sich beherrschen, seinem Gegenüber keine zu verpassen. Er ballte die Hände zu Fäusten, sodass die Knöchel weiß hervorstachen, und versuchte, sich wieder zu besinnen. Nach ein paar Sekunden atmete er einmal tief durch, ignorierte den Herzensbrecher vor sich und steuerte auf Tiana zu.

«Wir sehen uns morgen», sagte er, sah erst zu ihr und dann zu ihrem Freund, ehe er an sie gewandt hinzufügte: «Mach's gut, Süße.»

Coel streichelte seiner besten Freundin die Wange und zog ohne ein weiteres Wort von dannen. Er musste sich nicht umdrehen, um zu wissen, dass es Ryan gerade innerlich zerriss vor Wut, weil Coel es gewagt hatte, seine Freundin anzufassen. Vermutlich lief sein Kopf rot an. Bei dieser Vorstellung musste er schmunzeln. Der Tag hatte auch sein Gutes. Denn ganz gleich, welches Spiel Ryan auch spielte. Coel kannte nun die Regeln und hatte beschlossen, mitzuspielen.

.. .. ..

Tiana

Seit dem Vorfall gestern war Ryan sauer auf Tiana. Immer wieder hatte er gefragt, wozu sie Coel noch brauchte, wenn sie doch ihn hatte. Ja, sie war nun in festen Händen, aber Coel war auch ihr bester Freund. Natürlich hatte sie es auch verwundert, dass er ihr die Wange gestreichelt und sie ‹Süße› genannt hatte, doch dafür gab es sicherlich eine Erklärung. Und die würde er ihr später geben müssen. Denn heute war der Tag, an dem seine stressige Zeit endete. Der Tag des finalen Meisterschaftsspiels im Volleyball.

«Oh Mann, ist mir heiß», seufzte Lydia und wedelte mit einem Fächer vor ihrem Gesicht herum. «Das hält ja keiner aus.»

«Es ist Sommer», erklärte Lucy, während sie die Loge betraten, die Lydias Vater für sie und ihre Freunde reserviert hatte. Von hier konnte man das Match genau beobachten und hatte alles im Blick.

«Das weiß ich auch», erwiderte Lydia genervt und ließ sich völlig erschöpft in einen Sessel plumpsen. «Aber so heiß muss es doch trotzdem nicht sein.» Tiana nahm neben ihr Platz und sah sich nach den Spielern um.

«Die ziehen sich bestimmt noch um», vermutete Lucy, die sich, gefolgt von Mike, neben Tiana setzte. Scheinbar hatte sie ihren suchenden Blick bemerkt.

Dankbar nickte Tiana und ließ sich in den Sessel sinken. Sie hatte ein ungutes Gefühl, da Coel heute nicht der Einzige war, den sie anfeuern sollte.

.. .. ..

Nach wenigen Minuten begann der Kommentator, die verschiedenen Teams anzukündigen. Als Tiana ‹Chicago Waves› hörte, fing sie an zu applaudieren und die Mannschaft anzufeuern.

Die anderen sahen sie verwirrt an, denn Coel gehörte zum Team der ‹Illinois Sharks›, doch dann entdeckte Mike den Grund. «Ryan spielt auch bei den Meisterschaften?»

«Ja», antwortete Tiana knapp.

«Das könnte spannend werden.»

Sogleich folgte auch die Situation, vor der sich Tiana gefürchtet hatte. Die Teams versammelten sich alle auf dem Rasen und Coel stand plötzlich Ryan gegenüber. Sie ließen sich nichts von ihrer Feindseligkeit anmerken, zumindest konnte Tiana von der Loge aus nicht mehr erkennen. Als Lydia ihr ein Fernglas reichte und sie hindurchschaute, erkannte sie jedoch die finsteren Blicke, die sie sich zuwarfen.

«Das kann ja heiter werden», flüsterte Tiana, sodass niemand sonst es hören konnte.

Das Halbfinale begann und die Teams von Coel und Ryan hatten das Glück, in den Vorrunden nicht gegeneinander anzutreten. Beide waren sehr gut in dem, was sie taten, und Tiana feuerte Coel ebenso an wie Ryan.

«Deine beiden Lover haben es echt drauf», neckte Lydia ihre Freundin.

«Ja, ich weiß. Sie sind beide ziemlich gut.» Gekonnt ignorierte Tiana die Anspielung und überlegte immer noch, zu wem sie halten sollte, wenn Coels und Ryans Team ins Finale kämen.

«Coel sieht heiß aus in diesem Trikot», versuchte Lydia, Tiana aus der Reserve zu locken.

«Stimmt», bestätigte sie, ehe ihr klar wurde, was sie gerade zugegeben hatte. Peinlich berührt, sah sie zu ihrer Freundin und diese grinste schelmisch. Sie hatte sie durchschaut. Sogleich packte Tiana das schlechte Gewissen, da sie eigentlich nur an Ryans Körper Interesse haben sollte. Doch Coel sah wirklich gut aus, nicht nur in Sportklamotten.

«Während sie dem weiteren Spielverlauf folgte, wurde ihr bewusst, dass sie nicht nur Ryan beobachtete, sondern auch Coel eindringlich musterte. Sie schafften es schließlich ins Finale und würden sich dort als Gegner gegenüberstehen.

«Nun folgt eine Pause, meine Damen und Herren, und dann lassen Sie uns sehen, wer das Finale für sich entscheidet!», erklärte der Kommentator und das Publikum jubelte.

«Zum Glück.» Lydia war völlig am Ende. «Tiana, ich hole mir was zu trinken, kommst du mit?»

«Ja, gern.»

Die beiden Freundinnen schritten die Stiegen hinab und Lydia eilte zum Getränkestand. Tiana kam fast nicht hinterher, denn ihre Freundin schien ums nackte Überleben zu kämpfen. Als sie bei den Getränken ankam und sich der Spieler vor ihr umdrehte, erstarrte sie kurzzeitig.

«Coel.»

Er lächelte ihr zu. «Hey.»

Sie hätte dahinschmelzen können. Und das lag nicht daran, dass es so heiß war, nein, es war etwas anderes. Aber was? Warum machte sie Coel's Anwesenheit plötzlich so nervös? Vielleicht lag es an dem sportlichen Auftreten, dem verschwitzten, sonnengebräunten Körper... Moment, das durfte sie nicht denken!

«Mach's gut, Süße.» Warum fiel ihr das gerade jetzt ein? Dieser Satz brachte sie immer noch etwas durcheinander. *Daran muss es liegen*, entschied Tiana still und nickte dabei heftig.

«Alles in Ordnung?», fragte Coel, der sich offenbar nicht sicher war, was gerade mit ihr los war. «Hast du einen Hitzschlag? Soll ich dir Wasser holen?»

«Nein», widersprach Tiana, die wieder in der Realität angekommen war. «Da war bloß eine Fliege.» Sie hoffte, dass er ihr diese Ausrede abkaufte.

«Okay, sonst kannst du gern einen Schluck nehmen.» Er hielt ihr seinen Saft hin.

«Danke», erwiderte Tiana und trank etwas davon.

«Im Übrigen», begann Coel, «danke, dass du mich angefeuert hast. Es hat geholfen.»

Er zwinkerte ihr zu und sie schmolz wieder dahin. Was sollte das? Sie war doch mit Ryan zusammen.

«Hey, Coel, gut gespielt», bemerkte Lydia, die sich dazugesellte und in der Zwischenzeit Getränke geholt hatte. Eines reichte sie Tiana.

«Danke, aber ich muss jetzt wieder zurück. Der Coach will mit uns noch mal die Spielzüge für das Finale durchgehen. Also drückt mir die Daumen.»

«Machen wir», versicherte Lydia und Coel wandte sich zum Gehen. Doch Tiana hielt ihn am Arm zurück. Sie umarmte ihn und flüsterte ihm ins Ohr:

«Gewinn das Finale für mich.»

Coel wurde leicht rot. Dann zog er ihre Wange zu sich und küsste diese. «Nur für dich», erwiderte er ebenso leise.

Als er sich entfernt hatte, starrte Lydia ihre Freundin mit offenem Mund an. «Was war das denn bitte?»

«Gar nichts. Ich habe ihm nur viel Glück gewünscht», erwiderte Tiana lässig, obwohl ihr Herz raste. Sie wusste selbst, dass das total daneben und unfair Ryan gegenüber gewesen war. Aber aus irgendeinem Grund wollte sie, dass Coels Team gewann.

«Vergiss es, das kaufe ich dir nicht ab. Läuft da was zwischen euch beiden? Ich meine, jetzt endlich?»

«Blödsinn, wir sind beste Freunde, das ist alles. Außerdem bin ich mit Ryan zusammen.»

«Beste Freunde sehen sich aber nicht *so* an.»

Lydia machte eine verliebte Geste, doch Tiana ignorierte sie gekonnt. Sie machten sich auf den Rückweg zu den Plätzen und sprachen nicht weiter darüber. Sie musste sich selbst erst mal klar darüber werden, was das zu bedeuten hatte.

.. .. ..

Tiana war gespannt, wie das Finale enden würde. Doch als die beiden letzten Teams den Platz betraten, erwartete Tiana schon die nächste Überraschung.

«Tiana, bitte komm zu mir herunter», bat Ryan, der sich das Mikrofon des Sprechers geliehen hatte.

Tiana wusste nicht recht, was sie nun tun sollte, bis ihre Freundinnen sie dazu brachten, zu ihm zu gehen. Langsam stand sie auf und schritt die Stiegen hinab. Sie hoffte nur, nicht hinzufallen oder irgendeine andere peinliche Situation zu erleben, wie man es aus Filmen kannte.

Als sie unten angelangt war, deutete ihr der Schiedsrichter den Weg. Sie schritt langsam das Feld entlang und entdeckte Coel, der ebenso ratlos schien.

«Tiana», sprach Ryan wieder in das Mikrofon, während er auf sie zuging. «Ich liebe dich und das schon sehr lange», begann er. «Danke dir, dass du zu diesem wichtigen Spiel gekommen bist und mich hierbei unterstützt. Doch noch weitaus mehr möchte ich dir dafür danken, dass du meine Freundin bist und mir eine zweite Chance gegeben hast.»

Tiana war sich nicht sicher, was Ryan damit aussagen wollte, doch sie fand, dass sie eindeutig zu viel Publikum hatten. Auch wenn sie die tausend Leute, die im Stadion saßen, ausblenden konnte, gelang ihr das nicht bei Coel. Sie konnte nicht sagen, warum, aber sie wollte nicht, dass er das hörte. Hatte irgendwie ein schlechtes Gewissen ihm gegenüber.

«Tiana», begann Ryan wieder und ging vor ihr auf die Knie. «Als wir uns trafen, habe ich mir geschworen, diese zweite Chance zu nutzen, und viel über uns nachgedacht. Ich möchte, dass du den Rest meines Lebens an meiner Seite bist. Denn ich will dich jeden Tag aufs Neue glücklich machen.»

Vorsichtig holte Ryan ein Kästchen aus seiner Hosentasche hervor und öffnete es. Tiana stand starr da. Nein. Das konnte nicht sein. Das passierte jetzt nicht wirklich.

«Tiana, willst du meine Frau werden?»

Kapitel 10:
Das Spiel deines Lebens

Coel

Coel konnte nicht glauben, was er vor sich sah. Vor seiner besten Freundin, der Frau, die er liebte, kniete ein widerlicher Kerl, der ihr einen Heiratsantrag machte. Zu allem Überfluss auch noch vor dem wichtigsten Spiel der Saison. Dem Meisterschaftsfinale.

Tiana zögerte, sie wusste wohl nicht recht, was sie sagen sollte. Jedoch war er nicht der Einzige, der auf ihre Antwort gespannt war. Alle Augen waren in diesem Moment auf sie gerichtet. Auch wenn er mit ziemlicher Sicherheit der Einzige war, der sich ein Nein erhoffte.

Coel fiel auf, wie Tiana seinen Blick suchte. Nicht den von Ryan oder einer ihrer Freundinnen, nein, seinen.

Es schien, als würde sie ihn um Rat bitten, und als ihr bester Freund blieb ihm nur die Möglichkeit, ihr beizustehen. Mit einem sanften Lächeln machte er ihr Mut und zeigte ihr sein Einverständnis.

Sie schien es zu verstehen, denn sie drehte sich zu Ryan und lächelte ihn verliebt an. Doch dann hörte Coel die Antwort, die sein Herz in zwei Hälften riss und ihm klar machte, dass er einen Fehler begangen hatte.

«Ja, ich will deine Frau werden.»

Ryan stand auf, umarmte und küsste sie. Er freute sich über alle Maßen und auch Tiana schien glücklich zu sein.

Das ganze Stadion war aus dem Häuschen. Von überall konnte Coel die Jubelschreie vernehmen. Alle applaudierten und feierten das frisch verlobte Paar.

Nur Coel wollte sich in diesem Moment einfach nur übergeben. Er fühlte Wut, Trauer und Hass, doch vielleicht waren genau das die richtigen Emotionen für das Finale. Das Endspiel gegen die Chicago Waves.

Tiana ging zurück an ihren Platz und Coel sah, wie ihr zahlreiche Fremde zu ihrer ach so tollen Verlobung gratulierten. Er selbst stellte sich auf seine Position ganz vorne am Netz. So bereit wie in diesem Moment war er noch nie für ein Spiel gewesen. Gegenüber von ihm, auf der anderen Seite des Netzes, stand Ryan und grinste ihm tückisch entgegen.

«Ganz gleich, wie dieses Match ausgeht. Du hast längst verloren.»

Coel wusste genau, was sein Rivale damit meinte. Doch er würde nicht aufgeben. Das war nicht seine Art.

.. .. ..

Zwei Stunden später war das Spiel vorbei. Die Illinois Sharks hatten gesiegt und somit den Meisterschaftstitel errungen. Jubelschreie von überall ertönten, die Coel kaum wahrnahm. Ja, er war im Siegerteam. Ja, er hatte gerade eine Goldmedaille gewonnen, doch seine Gedanken galten längst jemand anderem.

«Coel, wir haben gewonnen!», erinnerte ihn Leo immer wieder, doch er lächelte ihm nur entgegen und fühlte sich leicht benommen.

Er suchte mit seinen Augen das Feld, das sich langsam mit Reportern und Gratulanten füllte, nach Tiana ab. Vergeblich.

«Herzlichen Glückwunsch», ertönte eine Stimme hinter Coel, die wie ein dunkler Fluch widerhallte. Er wandte sich um und schlug in die Hand ein, die Ryan ihm anbot. Wollte er sich etwa mit ihm versöhnen? Coel konnte es nicht sagen.

«Auch dir Gratulation zu deiner Verlobung», gab er widerwillig von sich und versuchte dabei, so freundlich wie möglich zu wirken. Am liebsten hätte er diesem Typen eine verpasst und ihm sein gehässiges Grinsen aus seiner Visage gewischt. Leider waren zu viele Zeugen anwesend. Vor allem Tiana wollte er seinen Hass auf ihren Verlobten nicht zeigen. Sie würde im schlimmsten Fall sofort den Kontakt zu ihm abbrechen und das wäre genau das, was Ryan wollte. Nein. Diesen Gefallen tat er ihm nicht.

«Coel?», riss ihn plötzlich eine süße Stimme aus seinen Gedanken. Er sah auf und entdeckte Tiana neben sich.

«Herzlichen Glückwunsch zum Sieg.»

Seine beste Freundin schenkte ihm eine innige Umarmung und er hätte sie am liebsten gar nicht mehr gehen lassen. Er wollte sie bitten, bei ihm zu bleiben, nicht mit Ryan zu gehen und ihn zu heiraten. Stattdessen sagte er: «Dir auch Gratulation zu deiner Verlobung. Ihr seid ein schönes Paar.»

«Danke. Ich habe gehofft, dass du dich für mich freust.»

Coel schenkte Tiana noch ein Lächeln und ging dann Richtung Umkleidekabine. Bevor er dort ankam, hatte er noch zahlreiche Fotos zu machen und Autogramme auszuteilen, doch all dies lief bloß wie ein Film vor seinen Augen ab.

.. .. ..

Am nächsten Morgen wurde Coel durch das Summen seines Handys geweckt. Er tastete langsam danach und führte es vorsichtig zu seinem Ohr. Er durfte nur keine schnellen Bewegungen machen, denn sein Schädel brummte, als hätte ihm jemand mit dem Hammer auf den Kopf geschlagen.

«Hallo?», sagte er mit seiner kratzigen Morgenstimme und atmete angestrengt ins Telefon.

«Coel, wo steckst du?», schimpfte seine Schwester am anderen Ende der Leitung.

«Was? Wieso?» Coel war noch nicht ganz bei Sinnen.

«Wir warten alle auf dich und dein Siegeressen wird kalt.»

Die Spieler hatten sich alle diesen Tag freigenommen, um den Sieg zu feiern. Und auch seine Familie wollte mit ihm anstoßen. Der Sportler fuhr sich mit der Hand übers Gesicht, um ein bisschen munterer zu werden. Fehlanzeige.

«Hallo, Coel? Bist du noch dran?»

«Ja. Ich mache mich gleich auf den Weg.»

Er legte auf, um sich weitere Zurechtweisungen seiner Schwester zu sparen, und ließ seine Hand samt Handy aufs Bett plumpsen.

«Wow, du hast eine sexy Morgenstimme.»

Coel schrak auf und setzte sich ruckartig hin, als er eine weitere Frauenstimme vernahm, die definitiv nicht aus seinem Handy kam. Langsam drehte er seinen Kopf zur Seite und entdeckte eine hübsche Blondine neben ihm im Bett. Nackt.

«Nicht schon wieder», sagte er zu sich selbst.

«Was?»

«Ach nichts», meinte er und versuchte, seine Scham und seinen Ärger über sich selbst zu vertuschen.

«Wie wäre es, wenn wir gemütlich frühstücken und dann wiederholen, was wir letzte Nacht fünf Mal getan haben?» Die Unbekannte ließ ihre Finger langsam an Coels Bauch hinuntergleiten.

«Nein», gab dieser streng von sich und stoppte ihre Hand, bevor sie an eine Stelle gelangte, an der er sie im Moment definitiv nicht haben wollte.

«Nein?», echote sie verwundert.

«Es tut mir leid, aber du musst gehen. Ich komme zu spät zu einem Familienessen.»

«Ist das eine Ausrede?», fragte sie und zwinkerte ihm verführerisch zu.

«Nein. Meine Schwester ist stinksauer und wenn ich nicht bald bei ihr aufkreuze, bekomme ich mächtig Ärger.»

«Ist ja gut.» Die Fremde schien über etwas nachzudenken. «Und wenn du mich mitnimmst?»

«Hör zu, ehrlich gesagt, weiß ich nicht mal mehr, wie du heißt.»

So schnell konnte Coel nicht reagieren, da klatschte ihm eine Hand ins Gesicht und seine linke Wange fing an, wie wild zu pochen.

«Du Mistkerl!»

Die Fremde sprang aus dem Bett, zog sich in Windeseile an und verschwand, während sie mit einem lauten Knall die Tür ins Schloss fallen ließ.

Ein bisschen plagte Coel das schlechte Gewissen, weil er die Unbekannt verletzt hatte. Allerdings wäre er sie sonst nicht losgeworden. Genau genommen, hatte er ja nicht mal gelogen. Er wusste ihren Namen nicht mehr, geschweige denn irgendetwas anderes von der vergangenen Nacht.

.. .. ..

Bei dem Haus seiner Familie angekommen, öffnete ihm sein Schwager die Tür. Die Party schien bereits in vollem Gange zu sein.

«Coel! Endlich bist du da! Los komm, bevor das Essen komplett kalt ist.»

Scheinbar hatte sein Schwager schon einen sitzen, Coel fand dies jedoch äußerst amüsant. Erst als sie im Garten ankamen und er sah, dass nicht nur seine Familie, sondern auch die Valerans bei seinem Siegesessen dabei waren, verflüchtigte sich seine gute Laune. Er suchte mit den Augen den Garten nach Ryan ab, der nach der Verlobung vermutlich nicht mehr von Tianas Seite wich, jedoch erfolglos. Auch Tiana konnte er nirgends entdecken. Ein Glück. Im Moment wollte er sich den Anblick der beiden Verliebten ersparen.

Nach dem Essen wollte er die Toilette aufsuchen, doch beide WCs im Haus seiner Schwester waren besetzt.

«Du kannst das Bad der Valerans benutzen, wenn du magst. Tianas Mutter hat es erlaubt», informierte ihn seine Schwester, die gerade aus der Küche kam.

«In Ordnung. Dann gehe ich schnell rüber», meinte Coel dankbar und machte sich auf den Weg. Als er wieder zurück zur Feier gehen wollte und gerade die Toilettentür schloss, begegnete er jemandem, mit dem er nicht mehr gerechnet hatte.

«Tiana?»

«Coel», erwiderte sie. «Was machst du in unserem Badezimmer?»

«Die WCs bei meiner Schwester waren alle besetzt. Deine Mutter meinte, ich kann auch eures benutzen.»

«Oh, verstehe.»

«Du bist hier?», fragte Coel verwirrt darüber, dass er sie vorher nicht gesehen hatte. Warum nahm sie nicht an seiner Feier teil, wenn doch ihre ganze Familie dort war?

«Ja, seit ein paar Minuten», gab sie als Antwort zurück und senkte den Kopf.

Sie fixierte einen Punkt am Boden und schien seinem Blick auszuweichen. Hatte sie etwa geweint?

«Was ist los?», wollte Coel wissen und nahm ihre Hand, um ihr Trost zu spenden und sie nicht fliehen zu lassen.

«Gar nichts», tat sie es ab und versuchte, seinen Griff zu lösen.

«Bitte, lauf nicht weg.»

Tiana blickte zu ihm, versuchte jedoch, erneut zu entkommen, was ihr nicht gelang.

Coel ging noch einen Schritt an sie heran und nahm sie in den Arm. Er bemerkte, dass Tiana sich nicht mehr wehrte. Im Gegenteil, sie schmiegte sich an ihn und begann zu schluchzen.

Coel streichelte ihr übers Haar und umarmte sie noch fester.

«Ich vermisse ihn so sehr», gluckste sie.

«Ryan?», fragte Coel verwirrt.

«Nein... David.»

Ihr Schluchzen wurde lauter und Coel spürte, wie sein Shirt immer nasser wurde, da sie ihr Gesicht darin vergrub. Der Schmerz, den sie fühlte, musste enorm sein. So ein Verlust war sicher nicht leicht zu verkraften. Coel konnte sich nicht im Geringsten vorstellen, wie schwer all dies für Tiana war. Sollte nicht ihr Verlobter sie in so einer Situation trösten? Dass sie nicht bei ihm war, hatte bestimmt nichts Gutes zu bedeuten. Hatten sie sich gestritten?

«Ich...», begann Tiana und blickte zu Coel auf. «Ich habe die Verlobung mit Ryan gelöst.» Sie fing wieder an, zu schluchzen. Sie hatte was getan? Hatte er sich eben verhört? Coel wusste nicht, ob er sich freuen oder mit ihr trauern sollte. Ein Teil von ihm machte gerade Luftsprünge, da sie endlich von diesem Mistkerl weg war, während ein anderer ihn mit ihr fühlen ließ und sich dafür schämte, solche Gedanken zu haben.

«Er liebt mich wirklich und ich... ich habe ihm das Herz gebrochen...» Sie vergrub ihr Gesicht in seinem T-Shirt. «Aber... ich bin einfach noch nicht bereit, mich in so einem Ausmaß neu zu binden. Und David, er... Es ist noch nicht einmal ein Jahr her.» Plötzlich brach es aus ihr heraus und Coel hielt sie so fest, wie er konnte. Sein Herz schmerzte, als er sie so sah. So verletzlich. Er hatte selbst damit zu kämpfen, nicht in Tränen auszubrechen. Es brachte ihn beinahe um. Doch er musste stark sein.

«Ich bin für dich da», flüsterte er ihr ins Ohr.

.. .. ..

Tiana

Nach ein paar Minuten hatte sie sich wieder beruhigt und ließ von Coel ab. Sie ging einen Schritt zurück und atmete tief ein.

«Ich muss schrecklich aussehen», versuchte sie zu scherzen, um den Schmerz, den sie in ihrer Brust fühlte, zu verstecken.

«Du bist wunderschön», versicherte ihr Coel.

«Das sagst du nur so. Mit der ganzen verronnenen Wimperntusche sehe ich bestimmt aus wie aus einem Horrorfilm entsprungen.»

«Nein», widersprach er. «Ich finde dich immer noch sehr hübsch.»

Tiana war verwirrt und versuchte, in Coels Augen zu erkennen, wie er das gemeint hatte.

«Wie wäre es, wenn du dir deinen Horrorfilm aus dem Gesicht wischst und wir ein bisschen rausgehen? Ich könnte einen Verdauungsspaziergang vertragen», schlug Coel vor und klatschte sich auf den Bauch. Er wollte damit wohl andeuten, wie viel er gegessen hatte.

Tiana nickte zustimmend und schenkte ihm ein Lächeln, bevor sie im Bad verschwand.

Dort angekommen, betrachtete sie sich im Spiegel und überlegte, ob Coel das vorhin ernst gemeint hatte. Fand er sie tatsächlich hübsch? Nun, so wie sie jetzt aussah, konnte er das keinesfalls ernst gemeint haben. Oder doch?

Während sie sich abschminkte und ihr verweintes Gesicht wusch, dachte sie weiter über Coel nach. Er war immer da, wenn sie ihn brauchte, und sie sahen sich oft. Natürlich auch deshalb, weil ihre Familien Nachbarn waren und ihre besten Freunde ein Paar. Trotzdem war sich Tiana bewusst, dass zwischen ihr und Coel mehr als nur Freundschaft war. Es war eine tiefe Verbundenheit, die sie spürte. Durfte das sein?

Ihr war nicht entgangen, wie sehr er sich von ihr distanziert hatte, seit Ryan wieder in ihr Leben getreten war.

Sie wusste auch, dass Coel und er sich nur ihretwegen miteinander unterhalten und so getan hatten, als kämen sie gut miteinander klar. Doch dem war nicht so, das konnte Tiana mit Bestimmtheit sagen.

Sie kannte Ryan schon lange genug und er hatte sich, was das betraf, kein Stück geändert. Doch solange er keinen Streit mit Coel vom Zaun gebrochen hatte, akzeptierte sie es.

Ryan. Wie es ihm wohl gerade ging? Schließlich hatte sie ihm gerade das Herz gebrochen. Und das erst einen Tag nach seinem Antrag.

Doch was hätte sie tun sollen? Ihn vor allen Zuschauern und seinen Freunden bloßstellen? Das konnte sie nicht.

Selbst Coel schien mit der Verlobung einverstanden gewesen zu sein. Eigentlich hatte sie darauf gewartet, dass Coel sie aufhielt. Ihr so etwas sagte wie ‹Tu es nicht›, aber er hatte ihr nur ein sanftes Lächeln geschenkt und ihr damit sein Einverständnis gegeben. Genau genommen, war sie ein bisschen traurig darüber, dass Coel sie nicht aufgehalten hatte. Sie hatte immer mehr das Gefühl, dass Ryan eher eine gute Ablenkung als wahre Liebe gewesen war. Daher plagte sie nun das schlechte Gewissen.

Während sich Tiana das Gesicht abtrocknete, hörte sie, wie Coel vor der Tür mit Matthew sprach.

«Alles okay, Coel?», fragte er.

«Klar. Hat nur etwas länger gedauert.» Hörte Tiana ein leichtes Grinsen in Coels Gesicht? «Ich werde noch einen Verdauungsspaziergang machen und dann wieder zu euch stoßen.»

«Okay. Dann bis später.»

Sie konnte hören, wie sich ihr Bruder entfernte, und beschloss, zu warten, bis sie seine Schritte nicht mehr hörte. Dann öffnete sie die Tür und lächelte Coel freundlich an.

«Danke, dass du mich nicht verraten hast.»

«Gerne.» Er musterte sie von oben bis unten. «Jetzt siehst du wieder aus wie du.»

Ein süßes Lächeln trat auf sein Gesicht und Tiana fühlte sich so wohl wie schon lange nicht mehr. Ja, bei ihm fühlte sie sich geborgen, empfand in Coels Anwesenheit eine innere Ruhe und Sicherheit. Er strahlte eine Stärke und zugleich Zufriedenheit aus, wie sie es bisher nur von einem Mann gekannt hatte. David.

Jetzt musste sie schon wieder an ihn denken, jedoch blieb ihr nicht lange Zeit dazu. Coel holte sie sofort wieder in die Gegenwart zurück.

«Was hältst du davon, wenn du dir ein paar Sachen zusammenpackst und mit zu mir kommst?»

«Was?», keuchte Tiana im ersten Moment verwirrt. Hatte er sie gerade gefragt, ob sie bei ihm übernachten wollte? Oder hatte sie sich verhört?

«Nicht, dass du das falsch verstehst», sagte er schnell und fuchtelte wild mit den Händen umher, als könnte er das Gesagte damit ungeschehen machen. «Ich dachte nur, da du scheinbar deiner Familie nicht über den Weg laufen willst, brauchst du vielleicht einen Ort, an dem du bis morgen untertauchen kannst.»

Coel kratzte sich etwas verunsichert am Hinterkopf.

«Ich meine, nur wenn du willst.»

Tiana bemerkte, wie schwer es ihm fiel, die richtigen Worte zu finden. Er wollte ihr helfen, sie aber auch zu nichts zwingen. Kurz dachte sie darüber nach, bis ihr eine innere Stimme sagte, dass dies nun genau das Richtige wäre.

«Okay.»

«Okay?», wiederholte Coel sichtlich verwirrt.

«Ja, ich schlafe heute Nacht gerne bei dir. Ein bisschen Ablenkung kann ich gebrauchen.»

«Gut», entgegnete er mit einem Lächeln. «Ich halte Wache, bis du gepackt hast, und sorge im Notfall für ein Ablenkungsmanöver.»

Coel zwinkerte ihr zu und Tiana musste sich eingestehen, dass sie es echt süß fand. Alles. Seine Art, sich um sie zu kümmern, sein charmantes Lächeln und ihn als Person. Jedoch wollte sie im Moment keine weitere Beziehung beginnen, schließlich war sie bis vor wenigen Stunden noch mit einem anderen verlobt gewesen. Sie musste wirklich dringend ihre Prioritäten klären.

Zum Glück war Coel kein Mann, der eine Frau zu etwas drängte, was sie nicht wollte. Er war zwar definitiv der Typ, mit dem man seinen Spaß haben konnte, wenn man wollte, und noch mehr, aber er konnte auch richtig einfühlsam und verständnisvoll sein. Vermutlich würde er einen echt guten festen Freund abgeben. Wieso hatte er eigentlich keine Freundin? Wahrscheinlich war ihm das im Moment nicht wichtig oder er hatte keine Zeit dafür. Was auch immer. Sie würde es schon mitbekommen, wenn Coel verliebt wäre. Vielleicht konnte sie ihn bei ihrem gemeinsamen Abend ein bisschen aus der Reserve locken. Denn insgeheim wollte sie wissen, ob er vielleicht doch Interesse an einer Beziehung hatte.

Kapitel 11:
Eine Nacht zu zweit

Coel

Coel öffnete die Tür zu seiner Wohnung und trat dicht gefolgt von Tiana ein. Er hatte sich von seiner Familie und den Valerans verabschiedet und über Bauchschmerzen geklagt. Alle hatten es ihm abgekauft und so war er problemlos mit Tiana verschwunden. Leo übernachtete heute zudem bei einem Mädchen, was Coel eine Erklärung, wieso Tiana bei ihnen schlief, ersparte.

«Es ist nicht sehr sauber, aber ich hoffe, es geht», bemerkte er, da ihm seine Singlemännerbude etwas peinlich war, obwohl es nicht das erste Mal war, dass Tiana ihn besuchte.

«Ich mag deine Wohnung. Auch wenn es nach Mann aussieht», reagierte sie schnell.

In Coels Magen begann es, zu kribbeln, obwohl er sich nicht sicher war, ob das ein Kompliment oder eher eine Beleidigung war.

Er ging ins Schlafzimmer und holte Bettzeug, das er auf die Couch verfrachtete.

«Du kannst das Schlafzimmer haben, ich nehme die Couch für heute Nacht.»

«Kommt nicht infrage», widersprach sie sofort. «Ich bin der Gast.»

«Ja, und der Gast ist König», erwiderte Coel.

«Nein, der Kunde ist König. Ich bin nicht deine Kundin», scherzte Tiana.

Sofort stellte sich Coel eine Szene vor, in der Tiana eine süße Unterwäsche trug und ihn dafür bezahlte, bei ihm schlafen zu dürfen. Rasch verbannte er sie wieder aus seinem Kopf. Tiana hatte definitiv nichts in dieser Wohnung zu suchen. Schon gar nicht, wenn sie beide alleine waren. Was hatte er sich dabei gedacht, sie einzuladen?

Wenn er so darüber grübelte und ihn jetzt schon solche Gedanken plagten, war es vielleicht keine so gute Idee gewesen.

«Sehen wir uns noch einen Film an?», fragte sie ihn, während sie sich lässig auf die Couch plumpsen ließ. Dabei sah sie aus, als ob sie hierhergehörte.

Eigentlich sollte er einfach ins Bett gehen, aber sie sah ihn mit einem Blick an, dem er nicht widerstehen konnte. Als er noch ein wenig darüber nachdachte, korrigierte er sich innerlich. Ganz gleich, wie sie ihn ansah, er könnte ihr nie etwas abschlagen.

«Klar», antwortete er schließlich. «Willst du Popcorn dazu?»

Ihr Grinsen verriet alles. Er machte sich auf in die Küche und bereitete das «Abendessen» zu. Tiana verschwand daraufhin mit ihren Schlafsachen im Bad. Vielleicht wollte sie sich etwas Bequemeres anziehen.

Volltreffer. Als sie zurückkam, setzte sie sich mit Einhornsocken und sehr kurzen Hotpants, die wohl als Schlafhose dienen sollten, auf die Couch. Er musterte sie fasziniert, als sie sich kurz streckte, um ihre anderen Klamotten im Rucksack zu verstauen. Doch was ihn am meisten durcheinanderbrachte, war der Spruch, der auf ihrem weiten und etwas zu langem T-Shirt prangte: *Kiss me quick.*

«Ist das eine Aufforderung?», fragte Coel mit einem Grinsen und deutete mit einem Nicken auf den Schriftzug.

Sie starrte auf ihr T-Shirt und wieder zu ihm. Dann wurde sie leicht rot. Sie war zu süß.

«Ich habe in der Eile zu Hause nichts anderes gefunden», versuchte sie, sich zu rechtfertigen.

«Komm, suchen wir einen Film aus», schlug Coel vor, setzte sich mit der Schüssel voll Popcorn neben sie und beließ es dabei.

Da er die Fernbedienung auf dem Tisch vor ihnen nicht finden konnte, stellte er die Schüssel ab und begann, auch unter dem Tisch nachzusehen. Nichts. Als Coel sich wieder aufrichtete, entdeckte er sie auf einem kleinen Kästchen neben der Couch.

«Die Fernbedienung liegt bei dir, kannst du sie mir bitte geben?», fragte er und sah, wie sie sich halb liegend danach ausstreckte, jedoch nicht motiviert genug war, sich aufzusetzen, um eine längere Reichweite mit dem Arm zu erlangen.

«Ich komm nicht ran», bemerkte sie angestrengt und tastete danach.

Coel musste lachen und beschloss, sie sich selbst zu holen. Doch auch er war zu faul, um aufzustehen, weshalb er sich auf die Couch kniete und sich über Tiana lehnte. Er streckte seine rechte Hand aus und stützte sich mit der linken neben ihrem Gesicht ab.

Tiana hingegen blieb ganz ruhig liegen, hatte wohl Angst, er würde sonst auf sie fallen.

Coel erwischte die Fernbedienung, verlor jedoch den Halt und sein linker Arm gab nach.

Noch im letzten Moment konnte er sich auf die Ellbogen stützen, sodass er nur ein paar Zentimeter über Tianas Gesicht schwebte.

Er konnte ihren Atem spüren und sah in zwei große blaue Augen. Wunderschöne blaue Augen. Ihr zarter Duft stieg ihm in die Nase und sein Magen zog sich aufgeregt zusammen.

Langsam öffnete Tiana ihre Lippen und Coel wusste nicht, ob sie etwas sagen oder den Spruch auf ihrem T-Shirt wahr machen wollte. Vorsichtig ließ Coel seinen Kopf sinken, öffnete leicht seine Lippen und blickte Tiana dabei direkt in die Augen. Was tat er hier?

Wie vom Blitz getroffen, schoss er im nächsten Augenblick hoch, setzte sich wieder auf seinen Platz, schaltete den Fernseher ein und zappte durch die Programme, um einen der Filme zu wählen.

Auch Tiana setzte sich langsam auf, ehe sie ihn ein paar Sekunden anstarrte. Bis sie wohl bemerkte, dass er sich nicht zu ihr drehen würde. Sie schnappte sich die Schüssel mit dem Popcorn und begann, den aufgewärmten Mais in sich hineinzustopfen, ohne vom Fernseher aufzusehen.

Das war verdammt knapp gewesen! Sein Herz raste immer noch wie wild. Würde Tiana nicht neben ihm sitzen, hätte er sich selbst geohrfeigt für diese Tat. Was hatte er sich dabei gedacht? Er durfte ihr nicht zu nahe kommen, sie war schließlich bis vor Kurzem noch verlobt gewesen.

Sie entschieden sich für einen französischen Film, der wirklich lustig war und Coel hoffentlich von der eigenartigen Situation mit Tiana ablenkte.

Sie schien jedoch nicht sehr erfreut, wirkte sogar etwas beleidigt. War ihr die Situation vielleicht gar nicht unangenehm gewesen? Hätte er sie küssen sollen?

Nein. Coel hatte eine Aufgabe zu erfüllen. Und die Liebe zu ihr brachte nur neue Komplikationen mit sich.

.. .. ..

Tiana

Er war so kurz davor gewesen, sie zu küssen! Wieso hatte er einen Rückzieher gemacht? Tiana wollte es nicht in den Kopf. Sie hätte sich nicht gewehrt. Im Gegenteil, sie hätte sich gefreut.

Ja, sie wusste, dass sie bis vor wenigen Stunden noch mit einem anderen verlobt gewesen war, obwohl sie ziemlich sicher war, dass das mit Ryan nicht lange gehalten hätte. Ihr war auch klar, dass sie nur mit zu Coel gefahren war, um die Trauer wegen David ein wenig zu vergessen und nicht alleine zu sein. Denn Coel stellte keine dummen Fragen, wie es bei ihrer Familie der Fall gewesen wäre. Trotz allem war sie sich mittlerweile bewusst, dass Coel mehr für sie war als nur ihr bester Freund.

Ihr Bruder Matthew sagte einmal: »Zwischen Mann und Frau kann keine Freundschaft bestehen. Einer der beiden wird sich in den anderen verlieben und dann geht die Geschichte meist nicht gut aus.«

Tja, in dem Fall war wohl sie diejenige, die sich verliebt hatte. Würde Coel ihre Freundschaft beenden, wenn er davon erfuhr? Oder empfand auch er mehr?

Vermutlich musste sie ihn direkt fragen, um zu einer Antwort zu gelangen. Im Moment jedoch wollte sie es einfach genießen, mit ihm auf dem Sofa in seiner Wohnung zu sitzen und einen Film zu schauen. Fast wie ein Paar. Nein, eigentlich genau wie ein Paar.

Tiana lugte vorsichtig zu Coel hinüber, der konzentriert auf den Fernseher starrte. Sie konnte sich ein Grinsen nicht verkneifen und beschloss, sich dieses gespannte Gesicht aus der Nähe anzusehen. Sie rutschte zu ihm und lehnte sich an seine breite Schulter.

Sofort zuckte er zusammen und blickte ihr verwirrt entgegen. «Was machst du da?»

«Ich wollte mich nur an deiner Schulter anlehnen, weil sie so bequem aussah.»

Fragend zog er eine Augenbraue hoch und Tiana bemerkte, wie bescheuert sich das angehört haben musste. Sie setzte sich wieder ein Stück weg.

Offenbar versuchte er, sie auf Abstand zu halten. Gut. Dann zu Plan B. Sie wusste ohnehin zu wenig über ihn, vor allem, was das Thema Frauen anging. Bis auf die Tatsache, dass diese hin und wieder eine Nacht bei ihm verbringen durften und er sich ihre Namen oft nicht merken konnte. Genau genommen, sagte das schon sehr viel über ihn aus, zum Beispiel, dass er kein Interesse an einer festen Beziehung oder etwas Längerfristigem hatte. Dennoch wollte Tiana wissen, ob es schon mal jemanden in seinem Leben gegeben hatte, der ihm mehr bedeutete.

«Sag mal...», begann sie zögernd. «Du hattest doch schon mal eine Freundin, oder?»

Wieder warf er ihr diesen verständnislosen Blick zu und schüttelte diesmal auch den Kopf. Er schien nicht zu verstehen, worauf sie hinauswollte.

«Du fragst mich jetzt aber nicht allen Ernstes, ob ich noch Jungfrau bin, oder?»

«Nein!», rief Tiana und fuchtelte wild mit den Händen herum, als könnte sie damit ungeschehen machen, was sie gerade gefragt hatte. «Ich wollte nur wissen, ob du schon mal eine feste Beziehung hattest. Dass du *das* längst hinter dir hast, haben mir die zahlreichen Frauen, die bei dir ein -und ausgehen, schon bewiesen.»

Okay. Jetzt hatte sie wirklich einen Nerv getroffen. Tiana konnte in seinen Augen lesen, dass ihn diese Aussage ziemlich mitnahm.

Coel atmete einmal tief durch, setzte sich aufrechter hin und nahm sich eine Minute Zeit, bis er antwortete. Dann sah er Tiana tief in die Augen, verzog dabei jedoch keine Miene.

«Ja, ich hatte schon mal eine Freundin, aber ich möchte jetzt nicht näher darauf eingehen, wenn's recht ist.»

Wenn's recht ist? Ja, es war recht, dennoch war sich Tiana nicht sicher, was sie von dieser Antwort halten sollte. Wie schlimm konnte seine Beziehung gewesen sein, wenn er so ungern darüber sprach? Oder lag es daran, dass ihn dieses Thema nicht interessierte?

«Okay, schon verstanden. Tut mir leid», erwiderte Tiana, da ihr schlechtes Gewissen sich nun doch meldete.

«Schon gut.»

«Aber ich muss dir noch eine Frage stellen...»

Coel sah sie abwartend an. Auch wenn sie ihn eigentlich in Ruhe lassen wollte, wusste sie nicht, wann sie wieder die Gelegenheit dazu haben würde, ihn darauf anzusprechen. «Auf welchen Typ Frau stehst du eigentlich?»

«Ts», entkam es Coel. «Hast du das nicht an den zahlreichen Frauen erkannt, die bei mir ein- und ausgehen?»

Coels gute Laune hatte sich eindeutig verflüchtigt und selbst ‹*Monsieur Claude und seine Töchter*› konnten das nicht geradebiegen.

Tiana futterte etwas Popcorn und beschloss, sich wieder dem Film zu widmen. Sie hätte einfach den Mund halten sollen. Coel hatte nur nett zu ihr sein wollen, sie eingeladen, um mit ihm den Abend zu verbringen und sie auf andere Gedanken zu bringen. Doch sie hatte ihm den Abend versaut. Toll gemacht, Tiana.

Nach etwa einer halben Stunde starrte sie wieder zu Coel hinüber, um vielleicht doch das eine oder andere Lachfältchen um seine Augen zu entdecken. Nichts.

Nun fiel ihr nur noch eines ein: eine aufrichtige Entschuldigung.

«Es tut mir leid», versuchte sie, etwas Mitgefühl zu zeigen. Als sich Coel noch immer nicht rührte und auch sonst keine Reaktion zeigte, beschloss sie, es erneut zu versuchen. Diesmal mit mehr Überzeugung. Vorsichtig lehnte sie sich zu ihm hinüber, spitzte ihre Lippen und gab ihm einen sanften Kuss auf die Wange. «Ehrlich», fügte sie ihrer Entschuldigung hinzu und spürte, wie sich Coels Körper anspannte.

.. .. ..

Coel

Erschrocken fuhr Coel herum.

«Ich hätte dich nicht auf deine Exfreundin ansprechen sollen.» Sie sah beschämt zu Boden. «Jetzt hasst du mich bestimmt», fügte sie noch hinzu.

Coel konnte nicht anders. Er rückte zu ihr und schlang seine Arme um sie. «Nein. Ich hasse dich nicht.» Einige Sekunden blieb er in dieser Haltung, bis er den Griff langsam löste. Er sah ihr tief in die Augen und überlegte, wie er es erklären sollte. Vorsichtig zog er ihr Gesicht zu seinem und küsste Tiana auf die Stirn. «Ich bin einfach noch nicht bereit, darüber zu reden.»

«War es so schlimm?», rutschte es aus Tiana heraus und sie hielt sich sofort den Mund zu, um sich selbst am Weitersprechen zu hindern.

Jetzt konnte Coel nicht anders. Er musste lachen. Die Scham darüber, dass sie so neugierig war, stand ihr ins Gesicht geschrieben. Sie war so süß und unbeholfen. Zumindest wirkte sie in diesem Moment so.

Insgeheim wünschte sich Coel, dass es immer so sein würde wie jetzt und sie die Abende gemeinsam verbrachten. Er wusste jedoch, dass es irgendwann vorbei wäre. Tiana würde ihren eigenen Weg gehen, wenn er seine Aufgabe erfüllt hatte und es ihr wieder besser ging, und er würde sie dann mit großer Wahrscheinlichkeit nicht mehr begleiten.

Er legte seinen Arm um sie und zog sie zu sich, sodass sie direkt neben ihm saß. Auch wenn die beiden kein Paar waren, hieß das nicht, dass er nicht die Gesellschaft einer so hübschen und sympathischen Frau genießen durfte.

Auch Tiana schien nichts dagegen zu haben, dass die beiden so nah beieinandersaßen, denn sie legte abermals ihren Kopf an seine Schulter. Doch diesmal würde er sie nicht daran hindern. Vor allem, weil sie wirklich gut roch und er, auch wenn es nur für einen Abend war, endlich wieder eine Frau im Arm halten durfte, die ihm wichtiger war als alles andere. Eine Frau, die er liebte.

.. .. ..

Das Klingeln und Klopfen an der Tür hörte nicht auf und weckte Coel schließlich. «Ich komme ja schon!», versuchte er mit immer noch geschlossenen Augen den unerwarteten Besucher zu beruhigen und ihm klarzumachen, dass er sich gleich bewegen und öffnen würde.

Noch etwas verschlafen sah er an seinem Körper hinab, der mit einer dünnen Decke bedeckt war, und realisierte erst in diesem Moment, was ihn noch am Aufstehen hinderte.

Ruckartig setzte er sich auf und Tiana plumpste zurück aufs Sofa. Sie öffnete langsam die Augen und lächelte ihm freundlich entgegen.

«Guten Morgen», begrüßte sie ihn.

Erneut blickte er an seinem Körper hinab und war erleichtert, dass er sein T-Shirt und seine Unterhose noch anhatte. Nicht, dass er gestern Nacht etwas getrunken hätte, aber er konnte sich nicht mehr daran erinnern, was passiert war, kurz bevor er eingeschlafen war.

Erneut läutete es an der Tür und Coel zwang sich dazu aufzustehen. Genervt öffnete er und war überrascht, wen er da vor sich hatte. Augenblicklich war er wach.

«Ist sie hier?», brummte ihm der ungebetene Gast entgegen.

«Wer?», stellte sich Coel dumm, weil er sich auf ein Spiel mit seinem Gegenüber einlassen wollte.

«Du weißt, wen ich meine. Tiana, ist sie hier?»

Doch bevor Coel eine Antwort geben konnte, trat sie auf den Plan.

«Was willst du denn hier, Ryan?»

«Ernsthaft?», stellte dieser bloß eine Gegenfrage.

Coel konnte erkennen, wie Tiana von ihrem schlechten

Gewissen geplagt wurde.

«Was soll diese Frage, Tiana? Du hast erst gestern die Verlobung mit mir gelöst und verbringst die Nacht schon mit einem anderen Mann?», rief Ryan wütend.

«Nicht so, wie du denkst», erklärte sie, konnte dabei jedoch den Blick nicht vom Boden losreißen.

«Ts.» Ryan fuhr sich mit der rechten Hand durch die Haare. «Wieso hast du Ja gesagt, wenn du mich gar nicht heiraten willst?»

«Weil du mich vor all den Leuten gefragt hast. Ich wollte dich nicht bloßstellen.» Ryan sah Tiana tief in die Augen und schien auf etwas zu warten. «Gib mir Zeit bis Freitag», fügte Tiana hinzu. «Bitte, gib mir Zeit bis Freitag, um über alles nachzudenken. Dann können wir noch einmal in Ruhe über uns reden.»

Ryan musterte Coel hasserfüllt von oben bis unten, ehe er sich an Tiana wandte. «Gut. Wir reden Freitag», gab er nach und warf Coel noch einen letzten Blick zu, der ungünstigerweise nur mit T-Shirt und Unterhose vor ihm stand. «Auch wenn du wohl schon gewählt hast.» Damit drehte sich Ryan um und ging Richtung Lift.

Coel blickte zu Tiana und bemerkte, wie ihre Augen langsam glasig wurden. «Ich bin echt das Letzte!», beschimpfte sie sich selbst.

Er schloss die Tür und drehte Tiana zu sich. «Das bist du nicht.»

«Aber Ryan hat recht», gluckste Tiana. «Ich löse die Verlobung mit ihm, weil mir alles zu schnell geht, und verbringe dieselbe Nacht noch mit einem anderen Mann.»

«*Bei* einem anderen Mann», verbesserte Coel. «Das ist ein Unterschied.»

Tiana sah ihn mit Tränen in den Augen an. «Das macht es auch nicht besser.»

Nein, das tat es nicht. Wenn er in Ryans Situation wäre, hätte er den anderen Kerl vermutlich verprügelt... Obwohl... Er war schon in dieser Situation gewesen. Und er hatte ihnen ihre Liebe gelassen.

Eigentlich wollte er darüber nicht nachdenken. Das hier war etwas ganz anderes. Er war nicht der andere Mann, auch wenn Tiana ihn so bezeichnete. Er war nur der gute Freund. Vermutlich würde er für sie nie mehr sein und das war gut so.

«Ich sollte jetzt gehen», riss ihn Tiana aus seinen Gedanken. «Nicht, dass sich meine Mutter noch Sorgen macht.»

«Wie wäre es vorher mit einem guten Frühstück?», versuchte Coel, sie zum Bleiben zu überreden.

«Danke, aber ich denke, ich esse zu Hause etwas», lehnte Tiana ab und ging ins Bad, um sich frisch zu machen.

Als sie fertig war, saß Coel schon mit einer Tasse Kaffee am Tisch und sah die Nachrichten auf seinem Handy durch. Tiana schritt zu ihm und gab ihm einen sehr zärtlichen Kuss auf die Wange.

Sofort schoss Coel hoch und starrte ihr erschrocken entgegen. Was sollte das? Sie brachte ihn gehörig durcheinander. Gestern Abend hatte sie ihn schon auf die Wange geküsst und nun erneut. Doch vor Ryan tat sie, als wäre gar nichts zwischen ihnen. Coel blickte nicht mehr durch.

«Danke für die letzte Nacht. Du bist ein wahrer Freund, Coel.»

Darauf konnte Coel nichts erwidern. Er war immer noch baff. Ja, ein Kuss auf die Wange war bei guten Freunden nichts Ungewöhnliches, doch ihre Küsse waren so zart und sanft. Wahrscheinlich bildete er sich zu viel darauf ein.

Tiana schritt näher auf ihn zu und küsste ihn abermals auf die Wange. «Vielleicht können wir das irgendwann wiederholen.» Mit einem süßen Lächeln verließ sie seine Wohnung.

Coel fuhr sich mit beiden Händen durch die Haare, um zu begreifen, was soeben geschehen war. Wollte Tiana etwas von ihm? Sah sie in ihm mehr als nur einen Freund? Oder war sie einfach äußert höflich und wollte ihn nicht verletzen? Vielleicht spielte sie mit ihm. Was auch immer in dieser Frau vorging, er verstand es nicht. Vermutlich wären Ryan und sie nach ihrem Gespräch am Freitag ohnehin wieder ein Paar. Denn Ryan war ja so supertoll!

Coel knallte mit den Fäusten auf den Esstisch und versuchte, sich wieder zu beruhigen. Was hatte er erwartet? Zudem sollte er keine Gefühle für Tiana haben. Schon gar nicht solche wie im Moment.

Er setzte sich wieder hin und versuchte, seinen Kaffee zu genießen. Es war an der Zeit, sein Leben in den Griff zu bekommen. Doch bevor er genauer darüber nachdenken konnte, klingelte es abermals an der Tür.

Diesmal war Coel so klug, durch den Türspion zu schauen. Er entdeckte einen jungen Mann in Sportlerkleidung. Da er nicht wusste, was der Fremde wollte, öffnete er vorsichtig die Tür.

«Kann ich Ihnen helfen?»

«Schuhe», war das Erste, das der Unbekannte sagte.

Ein paar Sekunden benötigte Coel, um zu verstehen. «Ah, guten Morgen, David.» Er öffnete die Tür und ließ den Mann herein. «War der Körper des Nachbarn gerade nicht verfügbar?»

«Nein, und ich bin eine Weile hinter Ryan hergelaufen.»

«Na da hat sich das Outfit ja angeboten», scherzte Coel, doch David warf ihm nur einen wütenden Blick zu.

«Er wollte wohl Tiana abholen», vermutete David, der offenbar den Durchblick hatte.

«Ich habe mich schon gefragt, wann du wieder auftauchst», bemerkte Coel und ging nicht näher darauf ein.

«Ich wollte Tiana erst mal selbst Entscheidungen treffen lassen, bevor du sie in eine Richtung lenkst.»

«Ich lenke sie in eine Richtung?», wiederholte Coel nun überrascht.

«Ja. Einige Entscheidungen hat sie auf deine Ratschläge hin getroffen.»

«Aber nicht, sich mit Ryan zu verloben. Und ich kann dich beruhigen, sie sind nicht mehr verlobt.»

«Was?» David wirkte überrascht.

«Gestern hat sie die Verlobung mit ihm wieder gelöst. Sie meinte, sie sei noch nicht bereit, zu heiraten», erläuterte Coel.

Ein erfreutes Lächeln breitete sich in Davids Gesicht aus. «Das ist gut. Er ist nicht der Richtige für sie.»

«Ja, das sagtest du bereits. Leider ist der Richtige gar nicht so leicht zu finden. Vor allem, da sie ihn schon hatte, und... nun ja...»

«Sei dir da mal nicht so sicher», erwiderte David. «Du bist auf jeden Fall ihr Typ.»

Coel sah, wie ihm sein Gegenüber ein verschmitztes Lächeln zuwarf, doch er verstand es nicht.

«Wie dem auch sei, ich muss wieder gehen. Bis zum nächsten Mal, Coel.»

Damit verschwand David aus der Tür und joggte das Treppenhaus hinunter.

Coel blieb ahnungslos zurück. *Du bist auf jeden Fall ihr Typ.* Was sollte das wieder heißen?

.. .. ..

Tiana

Ungefähr eine halbe Stunde schimpfte Tianas Mutter. «Weißt du, wie gefährlich es ist, nachts alleine herumzulaufen? Ryan hat uns erzählt, dass du nicht bei ihm warst. Er hat dich gesucht. Einen richtigen Schock habe ich erlitten, weil ich nicht wusste, wo du warst. Ich war zwar nicht sehr begeistert, als du mir von der Verlobung erzählt hast, aber du hättest mit mir reden können, als du sie wieder gelöst hast.»

«Ich bin nicht alleine rumgelaufen», erwiderte Tiana. «Ich war bei Coel, weil es mir wirklich nicht gut ging und ich nicht wollte, dass ihr alle gleich Wind davon bekommt. Außerdem bin ich alt genug, meine eigenen Entscheidungen zu treffen.»

«Solange du in diesem Haus lebst, hast du die Regeln hier zu befolgen. Hast du mich verstanden?», fragte ihre Mutter mit Nachdruck.

«Ja. In Zukunft gebe ich dir am besten auch Bescheid, wenn ich mal aufs Klo muss.»

«Werd nicht frech, hörst du? Ich habe dich großgezogen und immer für dich gesorgt.»

«Dafür bin ich dir auch dankbar. Trotzdem brauchst du mich nicht wie ein kleines Kind zu behandeln.»

Damit stand Tiana vom Tisch auf, hastete in ihr Zimmer

und knallte die Tür hinter sich zu. Ihre Mutter blieb zum Glück, wo sie war, und ließ ihr Zeit zum Nachdenken.

Tiana war stinksauer. Alle taten so, als hätte sie ein Verbrechen begangen, nur weil sie bei einem Freund übernachtet hatte. Ja, vielleicht war es nicht die beste Idee, zu Coel zu fahren und dort zu schlafen, obwohl sie wenige Stunden zuvor noch verlobt gewesen war. Sie wusste, dass es so aussah, als wäre sie sofort zum nächsten Kerl gegangen und mit ihm in die Kiste gesprungen, um ihren Frust zu vergessen. Vor allem, da Coel, wie sie nur allzu gut wusste, nicht abgeneigt war, eine Frau für eine Nacht bei sich zu haben, um sich ein bisschen mit ihr zu amüsieren. Doch beides entsprach in diesem Fall nicht der Wahrheit.

Coel war ein wirklich guter Freund und hatte ihr im richtigen Moment aus der Patsche geholfen. Er hatte durchaus die Gelegenheit, sie zu küssen oder ihr nahe zu kommen, dennoch tat er es nicht. Stattdessen verhielt er sich wie ein Gentleman und brachte sie auf andere Gedanken. Er hatte ihr genau das gegeben, was sie gebraucht hatte: Ablenkung und eine Schulter zum Anlehnen.

Definitiv hätte sie auch zu einer Freundin fahren und mit ihr darüber sprechen können, jedoch hätte Tiana dann alles erklären müssen. Sie hatte einfach nur nicht alleine sein und trotzdem ihre Ruhe haben wollen vor all diesen Gesprächen.

Tiana nahm das Foto von David und ihr in die Hand. Am Tag der Aufnahme hatten sie ihren Jahrestag gefeiert und eine kleine Bootstour mit einer dieser Gondeln in Venedig gemacht. Sie liebte das Meer und Schiffe über alles. Also war dies das perfekte Geschenk von ihm gewesen. Es hieß, dass ein Paar, das mit einer dieser Gondeln fuhr, für immer zusammenbleiben würde. Das Schicksal hatte jedoch andere Pläne gehabt.

Fest drückte Tiana das eingerahmte Foto an sich, während sie sich die Bettdecke bis zum Kinn zog und ihr zahlreiche Tränen über die Wangen liefen. Sie vermisste ihn so sehr. Es tat so weh, wenn er nicht bei ihr war, und sie brauchte ihn nun mehr denn je. Er war ihre bessere Hälfte gewesen, ihr ein und alles. Der perfekte Mann. Doch er war nun für immer fort. David.

«Wow, diese Stadt ist der Wahnsinn», stellte Tiana fest und staunte nicht schlecht, als sie mit einer Gondel durch Venedig fuhren. «So viel Wasser und doch leben hier Menschen.»

«Und überall fahren Boote und Schiffe», bemerkte David, der um ihre Vorliebe für die Wasserfahrzeuge wusste und ihr breit entgegengrinste.

«Ja.» Sie rückte noch näher an ihn heran und umarmte ihn, während sie ihn zärtlich küsste. «Das ist der schönste Jahrestag aller Zeiten.»

Davids Blick zog sie in seinen Bann. Diese Augen waren für sie das Schönste auf der Welt. Stundenlang könnte sie sich in ihnen verlieren. Sie strahlten Wärme, Ruhe, vor allem aber Liebe aus.

«Das ist noch nicht alles», gab er zu und kleine Lachfältchen bildeten sich um seine Augen, als er eine kleine Schachtel hervorholte. «Alles Gute zum Jahrestag.»

Zögernd nahm sie das Geschenk an und öffnete es vorsichtig. Ihr Herz pochte, da sie nicht wusste, was sich darin befand. Es blitzte etwas hervor, das definitiv nach Schmuck aussah, ehe Tiana zwei silberne Ohrringe mit

Federn darauf entdeckte. Verliebt blickte sie in David's Richtung. «Sie sind wunderschön.»

«Freut mich, wenn sie dir gefallen. Und sie passen perfekt zu deiner Kette.»

«Ja, das stimmt», gab sie nachdenklich von sich.

«Eigentlich wollte ich dich das schon länger fragen,» begann David. «Von wem hast du sie bekommen? Als wir uns zum ersten Mal begegnet sind, sagtest du, dass sie dir viel bedeutet.»

Tiana atmete einmal tief durch und blickte zum Himmel hinauf. «Mein Vater hat sie mir geschenkt. Er ist leider nicht mehr am Leben, wie du weißt. Deshalb bedeutet sie mir so viel.»

«Verstehe. Tut mir leid, dass ich dich ausgerechnet heute daran erinnere.»

«Das muss es nicht. Es ist schön, heute an ihn zu denken.» Dann wandte sie sich wieder vom Horizont ab und nahm Davids Hand. «Vor allem verbinde ich Engelsfedern nun mit euch beiden. Zwei ganz besonderen Menschen.»

Kapitel 12:
Das Freitagsdate

Tiana

Fertig gestylt und in ein schönes Kleid gehüllt, machte sie sich auf den Weg zu ihrem Date mit Ryan. Sie musste heute wohl eine der schwersten Entscheidungen ihres Lebens treffen. Ihr war klar, dass dieser Abend eine Veränderung mit sich brachte. Ganz gleich, wie sie entschied.

Lange starrte sie in den Himmel, als könnte er ihr die Worte liefern, die sie brauchte. Sie mochte Ryan, doch wenn sie mit ihm in eine gemeinsam Zukunft startete, würde sie Coel dann jemals wiedersehen? Tiana war klar, dass Ryan und Coel niemals Freunde wären. Zu viel dicke Luft lag zwischen ihnen. Ryan liebte Tiana und deshalb sah er Coel wohl als Konkurrenz. Wieso benahm sich Coel jedoch so feindselig gegenüber Ryan? Hatte er Angst, seine beste Freundin zu verlieren? Oder lag es womöglich daran, dass Coel Gefühle für sie hatte? Tiana war ratlos und je mehr sie darüber nachdachte, umso mehr schmerzte ihr Kopf.

Da sie etwas zu früh dran war, ging sie in der Nähe des Restaurants noch ein paar Runden um den Block spazieren. Sie dachte an die vielen wunderbaren Dates mit David und nun könnte sie diese mit Ryan erleben. Sie hatte noch einmal darüber nachgedacht. Auch wenn sie die Verlobung mit ihm gelöst hatte, könnte sie eine Beziehung mit ihm führen. Doch zuerst wollte sie sehen, wie das Date verlief. Ihr Herz war zu verwirrt, um sofort eine Entscheidung zu treffen.

Einmal zu viel an ihn gedacht, hörte sie plötzlich seine Stimme. Sie drehte sich um und suchte sofort das Weite, als sie ihn mit einer anderen Frau sprechen sah.

Sie lugte hinter einem Baum hervor und beobachtete das Szenario. Wer war diese Frau? Eine Bekannte, eine Freundin? Sogleich erhielt sie die Antwort und es war eine, die sie beinahe innerlich zerriss.

Ryan lehnte sich vor, streichelte sanft die Wange der Fremden und küsste sie. Ein inniger, leidenschaftlicher Kuss.

Erstarrt blieb sie an den Baum gelehnt stehen und fasste sich mit der Hand an die Stelle, wo ihr Herz saß. Es schmerzte so sehr, dass sie es sich aus der Brust reißen wollte. Fest kniff sie ihre Augen zusammen und atmete ein paarmal tief ein und aus. Warum war er mit dieser Frau hier? Genau an dem Abend ihres Dates? Wollte er sich damit etwas beweisen? War es die Rache dafür, dass sie bei Coel übernachtet hatte? Coel. Wie gern wäre sie jetzt bei ihm wie an jenem Abend. Er wusste immer, was er sagen oder tun musste, damit es ihr besser ging. Wie David damals.

«Tiana?», riss sie plötzlich Ryans Stimme aus ihren Gedanken. «Was tust du hier? Wir sind doch erst in einer halben Stunde verabredet.»

War das alles, was er zu sagen hatte? Dachte er, sie sei blind? Wut überkam sie.

«Das sollte ich wohl besser dich fragen.» Sie starrte ihn mit einer so finsteren Miene nieder, dass sie leichte Angst in seinem Blick erkennen konnte.

«Das ist nicht, wie du denkst. Sie ist meine Cousine», erklärte er und deutete auf die Frau neben sich. Diese wirkte verwundert über die Aussage, blieb jedoch bei ihnen stehen. Sie schien sich nicht fehl am Platz zu fühlen.

«Du Mistkerl!», entkam es ihr schließlich. «Du hast nicht mal jetzt den Anstand, mir die Wahrheit zu sagen?» Sie wurde lauter und bemerkte, wie sich langsam die Leute, die vor dem Restaurant standen, nach ihr umdrehten. Doch das war ihr egal. Alles war ihr gerade egal. Sie wollte nur die Wahrheit hören. Und selbst in dieser aussichtslosen Situation hatte Ryan nicht den Mut dazu.

«Ich wusste nicht», fuhr sie fort, «dass es bei dir Brauch ist, deine «Cousine» innig zu küssen. Doch vielleicht sollte ich dir danken.»

Aus Ryans Gesichtsausdruck konnte sie schließen, wie verwirrt er war. Gut so.

«Du hast mir gerade bei meiner Entscheidung geholfen, die ich heute Abend treffen sollte.»

Tiana wandte sich um und ging davon. Dieser Mistkerl würde keine Erklärung bekommen. Er würde niemals erfahren, was wirklich in Tiana vorging und wie sie sich entschieden hätte, wenn er ihr das nicht angetan hätte. Sie ließ ihn zurück. Und wenn er jemals wieder versuchen sollte, sie anzurufen, würde er scheitern.

Wenn David hier gewesen wäre, hätte er ihn ganz bestimmt verprügelt. Auch Coel schien sich in Ryans Gegenwart mehr zurückzuhalten, als es ihm lieb war. Sie brauchte ihn gerade mehr denn je, doch konnte sie ihn nicht schon wieder anrufen und vollheulen wie beim letzten Mal. Sie musste das alleine schaffen.

.. .. ..

Coel

Die Party, zu der ihn Leo mitgeschleppt hatte, war in vollem Gange. Er schien sich prächtig zu amüsieren, während Coel nicht ganz bei der Sache war. Selbst der Alkohol, der ziemlich stark gemischt war, konnte daran nichts ändern. Er wurde einfach nicht locker, konnte nicht so ausgelassen feiern wie sonst.

«Denkst du gerade an Tiana?», fragte schließlich einer seiner Volleyballkollegen.

«Was hast du gerade gesagt?» Coel glaubte, sich verhört zu haben.

«Schuhe.»

«David?»

«Nun...» Er atmete einmal tief durch. «Ich wusste nicht, dass du... in sie verliebt bist. Aber als ich dich in letzter Zeit mit ihr beobachtet habe, wurde es mir immer bewusster.»

Coel blickte auf seinen Drink und überlegte, ob er vielleicht doch zu stark war, und dann wieder auf sein Gegenüber. «Tut mir leid, aber ich weiß nicht, was du meinst. Wenn, dann bist du in sie verliebt, David.»

Er sah in seinem Blick, dass er den Nagel auf den Kopf getroffen hatte. Sein Schutzengel konnte ihm nichts mehr vormachen.

«Aber warum zeigst du dich Tiana nicht? Warum erklärst du ihr nicht, was passiert ist, und zeigst ihr, dass es dir gut geht?»

«Das kann ich nicht», erwiderte David und stellte seinen Drink auf einen Tisch. «Sie würde daran zerbrechen.»

«Und du willst sie nicht verletzen, weil du sie noch

liebst», stellte Coel fest.

David blickte sein Gegenüber direkt an. «Deshalb habe ich dich darum gebeten, auf sie achtzugeben. Sie braucht jemand Neues, der sich um sie kümmert, und ihr die Wahrheit sagt.»

«Wie soll ich das machen?», fragte Coel überfordert.

«Erzähl ihr davon, dass du kurzzeitig tot warst und in einer Art Zwischenwelt gelandet bist. Sag ihr, dass du mich dort getroffen hast und es mir gut geht.»

«Aber... das wäre eine Lüge.»

«Ja, ich weiß.»

«Sie würde mir niemals glauben. Vor allem würde sie wissen wollen, warum ich ihr das erst jetzt erzähle.»

«Weil du es vorher nicht übers Herz gebracht hast.»

David war wohl felsenfest von seiner Geschichte überzeugt. «Weißt du, Coel, solange diese Sache nicht erledigt ist, hänge ich hier fest und kann keine Ruhe finden.» David nahm seinen Drink wieder in die Hand. «In einer Woche ist diese Geburtstagsfeier von Lydia. Es ist auch mein Geburtstag. Also, das war er. Tu mir einen Gefallen und sage es ihr an dem Abend. Als Geburtstagsgeschenk.» Dann schritt er mit seinem Drink davon.

Er sollte was? Er war noch nicht so weit, Tiana alles zu erzählen. Wie würde sie reagieren? Er wusste, dass sie Davids Tod noch nicht überwunden hatte. Trotzdem hatte David recht. Tiana hatte die Wahrheit verdient. Sie sollte erfahren, dass es David gut ging, und vielleicht würde sie sich auch darüber freuen.

«Lach doch mal, Coel», drängte Leo, der sich zu ihm gesellte.

«Ehrlich gesagt, wollte ich gerade gehen.»

«Was? Wieso denn? Die Nacht ist noch jung und die Frauen zahlreich», sagte er und zwinkerte ihm zu.

«Ja, das mag sein, aber ich habe keine Lust darauf.»

Leo überlegte kurz und zuckte dann mit den Schultern. «Wie du meinst. Dann noch einen schönen Abend.» Er schritt davon und widmete sich wieder den Ladies.

Coel musste grinsen. Leo brachte nichts so leicht aus der Fassung. Er fand immer einen Grund zum Feiern. Er beschloss, noch einen Spaziergang zu machen, um all die neuen Informationen zu verdauen, und ging durch den Park.

Unglaublich, wie viele Paare zu dieser Zeit hier zu sehen waren. Es wimmelte nur so von Verliebten. Die meisten kamen vermutlich gerade von ihrem gemeinsamen Essen oder waren auf dem Weg dorthin.

Trotzdem folgte er weiter seinem Weg, bis er schließlich jemanden entdeckte, den er an diesem Abend definitiv nicht hier vermutet hätte.

Da saß sie. Alleine. Auf einer Parkbank in einem wunderschönen blauen Kleid. Ihr Blick war starr auf den Boden gerichtet, doch ihre nassen Wangen und das Taschentuch in ihrer Hand verrieten ihren Kummer. Tiana.

Es zerriss ihm beinahe das Herz, sie so dort sitzen zu sehen. Jetzt konnte er ihr noch nicht die Wahrheit über David sagen. Nicht, wenn sie so zerbrechlich wirkte. Er schritt auf sie zu und hielt ihr eine Rose hin, die er für ein Mädchen auf der Singleparty gekauft und in seine Brusttasche gesteckt hatte.

.. .. ..

Tiana

«Hier, für dich», hörte sie plötzlich eine bekannte Stimme. Sie hob ihren Blick und entdeckte, dass es wirklich seine Stimme gewesen war. Coel.

Da stand er vor ihr, in schicker Hose, Hemd und Blazer, und hielt ihr eine Rose hin.

«Vielleicht kann sie deine Schmerzen etwas lindern», ergänzte er.

«Coel...» Mehr brachte sie nicht heraus, bevor ihre Stimme sie wieder verließ und der Knoten in ihrem Hals enger wurde.

«Darf ich mich setzen?», fragte er höflich.

Tiana konnte nur nicken, freute sich jedoch sehr, ihn zu sehen.

«Das Wetter ist heute richtig angenehm», versuchte Coel wohl, ein Gespräch zu beginnen. «Gar nicht so kalt.»

Er schenkte ihr ein Lächeln, das sie ausbrechen ließ. Sie konnte sich nicht mehr zusammennehmen. Es gelang ihr nicht länger, auch nur irgendein Gefühl zu unterdrücken. Der Schmerz überwältigte sie und musste an die Oberfläche.

Tausende Tränen fluteten ihre Wangen und benetzten das Kleid. Sie konnte sich nicht mehr halten, packte Coels Arm und lehnte sich an ihn. Ihr Weinen wurde immer lauter und all der Schmerz, der so tief in ihr saß, suchte sich einen Weg nach draußen.

Sie spürte, wie Coel erst den einen Arm um sie legte und dann den anderen befreite. Er lehnte ihren Kopf sanft an seine Brust und strich ihr übers Haar.

«Lass alles raus.»

Nach diesem Satz schluchzte sie noch mehr in sein Hemd, das sie mittlerweile mit ihren Tränen durchnässt hatte, bevor sie sich langsam beruhigte.

Coels Anwesenheit, seine liebe Art, sein Verständnis, all das ließ sie ruhiger werden.

Langsam sah sie auf und entdeckte ein mitleidiges Lächeln in seinen Augen. Er reichte ihr ein Taschentuch und streichelte ihre Wange.

«Geht's dir besser?»

Tiana nickte nur und schnäuzte sich die Nase. «Ich sehe bestimmt furchterregend aus.»

«Nicht schlimmer als beim letzten Mal», kam sofort die Antwort.

Verwirrt blickte Tiana ihm entgegen, erinnerte sich aber wieder an den Moment in ihrem Haus. Einmal tief durchgeatmet, setzte sie sich hin und blickte Coel direkt an. «Tut mir leid, dass ich mich schon wieder bei dir ausgeheult habe.»

«Schon gut. Dafür sind Freunde doch da.»

Wieder folgte dieses süße Lächeln. Ja, für ihn war sie wohl nur eine Freundin.

«Wenn ich wieder gehen soll, musst du es nur sagen», erklärte Coel. «Ich kann verstehen, wenn du alleine sein möchtest.»

«Nein, bitte bleib.» Die Freude in seinen Augen über diese Bitte war sofort zu erkennen. «Wobei... Eigentlich habe ich großen Hunger.»

«Gut», meinte er, stand auf und hielt ihr die Hand hin. «Dann suchen wir uns mal ein Restaurant.»

«Aber ich sehe bestimmt schrecklich aus.»

Coel strich ihr eine Strähne aus dem Gesicht und blickte ihr tief in die Augen. «Du bist wunderschön, Tiana. Und dein Aussehen hat heute niemanden zu interessieren außer mich.»

Sofort stieg ihr die Röte ins Gesicht und ihr wurde heiß. Coel schaffte es immer wieder, ein Gefühl in ihr auszulösen, das sie bisher nur bei einem gespürt hatte, David.

Als sie ein italienisches Restaurant betraten, bemerkte sie, wie sie alle anstarrten. Natürlich hatte sie versucht, mit einem Taschentuch die verwischte Wimperntusche wegzuwischen, aber sie wusste auch, dass ihre Augen total verquollen waren. Jeder konnte sehen, dass sie geweint hatte. Für Coel musste die Situation äußert unangenehm sein, denn alle dachten wahrscheinlich, dass er der Grund dafür sei.

Keiner würde auf die Idee kommen, dass der eine Kerl sie betrogen hatte und sie nun mit dem nächsten ausging. War es das? Ein Date? Nach allem, was Coel für sie getan hatte, musste sie mit ihm reden. Das war sie ihm schuldig. Im Augenblick war sie jedoch froh, dass er nicht zu viele Fragen stellte und versuchte, so zurückhaltend wie möglich zu bleiben.

Das Essen ging schnell vorbei und als die anderen Gäste bemerkten, wie sich die beiden amüsierten, wurde auch die Atmosphäre angenehmer.

«Darf es noch ein Dessert sein?», fragte der Kellner.

«Einen Schokokuchen mit flüssigem Kern, bitte», erklang es von Coel und Tiana wie im Chor.

«Gerne», antwortete der Ober, der sich auf den Weg in die Küche machte, und Coel musste lachen.

«Du magst den auch so gern?», fragte Tiana verwundert.

«Weißt du, David hat ihn auch geliebt», erzählte sie in Gedanken versunken. Schnell räusperte sie sich. «Tut mir leid. Ich sollte nicht von ihm reden.»

Plötzlich sah ihr Coel tief in die Augen. «Weißt du, Tiana..., wenn ich mit ihm tauschen könnte, würde ich es tun. Auf der Stelle.»

Jetzt war sie schockiert. «Bist du verrückt? So etwas darfst du nicht sagen.» Sie biss sich auf die Unterlippe. «Nicht, dass ich mir nicht wünsche, dass David wieder hier wäre, aber... ich will dich auch nicht verlieren. Ich möchte, dass ihr beide hier seid. Auf der Erde, bei mir.»

Coel wollte ihre Hand ergreifen, doch da kam auch schon das Dessert. Deswegen schenkte er ihr ein Lächeln und sie erwiderte es.

.. .. ..

Coel

Nervös lief er in seiner Wohnung auf und ab und wartete auf Mike. Coel eilte zur Tür, als es klingelte, und riss sie auf.

«Zum Glück bist du da.»

Er drängte Mike in die Wohnung und ließ die Tür wieder ins Schloss fallen.

«Was ist denn los?», fragte sein Freund, der noch nicht einmal wusste, warum ihn Coel hierherbestellt hatte. «Du hast ja ziemlich fertig geklungen am Telefon. Ist alles in Ordnung?»

«Nein.»

«Nein?»

«Es geht um Tiana.»

«Das ist ja nichts Neues», amüsierte sich Mike.

«Du verstehst das nicht», fuhr ihn Coel an, ehe er sich

in die Nasenwurzel kniff und tief durchatmete. «Entschuldige, besser wir setzen uns erst einmal. Willst du ein Bier?»

«Ja gern», nahm sein Freund das Angebot an und setzte sich auf das Sofa, während Coel in die Küche lief. Mit zwei Bier in der Hand ließ er sich neben ihn auf die Couch plumpsen und atmete dabei laut aus.

«Was ist los, Coel? Was macht dich so fertig?», wollte Mike wissen, nahm ihm ein Getränk ab und trank einen Schluck.

«David.»

Plötzlich spuckte Mike etwas von seinem Bier wieder aus. «Was? Sprichst du gerade von Tianas totem Freund?»

«Ja. Er besucht mich öfter.»

«Was tut er?», rief Mike verwirrt. Mit großen Augen sah er Coel an, der seine Stirn in Falten legte und versuchte, die richtigen Worte zu finden. «Du weißt bereits, dass mich des Öfteren mein ‹Nachbar› besucht oder dass mich dieser Hotdog-Verkäufer angesprochen hat und so weiter.»

Mike nickte. «Das ist dein Schutzengel oder so in der Art, hast du mir damals erzählt. Er schlüpft in fremde Körper, um mit dir zu sprechen, damit du deine Aufgabe richtig erfüllst.»

«Ja.» Erneut wusste Coel nicht, wie er sich äußern sollte. «Dieser Geist, Engel, was auch immer... Er ist... Ich habe ihn nie beim Namen genannt, weil ich ihn nicht kannte. Jetzt weiß ich ihn. Also eigentlich schon länger.»

Mike wartete darauf, dass sein Freund fortfuhr, doch das tat er nicht. «Und? Spann mich nicht so auf die Folter.»

«Er ist Tianas Freund, David.»

Jetzt war Mike sprachlos, was er mit weit aufgerissenen Augen und seinem offen stehenden Mund zeigte.

«Dann sucht dich der Geist von Tianas totem Freund heim?», fragte Mike ungläubig.

«Nein, ganz so ist es nicht. Oder irgendwie doch. Keine Ahnung.»

«Wow», entfuhr es Mike. «Das ist ja mal eine Neuigkeit.»

«Ja. Aber das ist noch nicht alles.»

«Ach nein? Was denn noch?»

«Ich soll Tiana alles erzählen. Dass es ihm gut geht und sie sich keine Sorgen oder Vorwürfe zu machen braucht. Ich soll ihr erklären, dass ich ihn in der Zwischenwelt getroffen habe, als ich für kurze Zeit tot war.»

«Aber das wäre gelogen.»

«Das habe ich auch gesagt.»

«Wow», wiederholte Mike, der nichts anderes mehr herausbrachte.

«Nächste Woche, auf Lydias Geburtstagsparty, soll ich ihr alles sagen. Als Geburtstagsgeschenk für ihn. Weil es auch sein Geburtstag war.»

«Ts. Der Kerl hat Nerven», kommentierte sein Freund sichtlich genervt von Davids Plänen.

«Die Sache ist die», begann Coel erneut. «Solange Tiana ihn nicht gehen lässt, solange sie an ihm hängt und ihre Gedanken immer bei ihm sind, hängt er hier fest. Er kann keine Ruhe finden.»

Jetzt wurde Mike wieder aufmerksamer. «Das heißt, so lange hast du ihn auch am Hals?»

«Vermutlich.»

In dem Moment wurde Coel klar, dass er keine Wahl hatte. Er musste es ihr sagen, musste mit Tiana über alles sprechen. Auch wenn das bedeutete, dass sie vielleicht nie wieder ein Wort mit ihm sprach.

Dies war seine einzige Chance, sich wieder ganz seinem eigenen Leben widmen zu können. Bald würde sich alles ändern. Dann müsste er keine Rücksicht mehr nehmen. Weder auf David noch auf Tiana. Er müsste nie wieder lügen oder sich verstellen. Er wäre endlich frei.

Kapitel 13:
Die Kostümparty

Coel

Seit dem Freitagsdate war knapp eine Woche vergangen. Tiana hatte ihm, bei ihrem gemeinsamen Essen erzählt, was an dem Abend geschehen war. Obwohl er es sich schon denken konnte, nachdem er sie so verletzt auf der Parkbank gesehen hatte. Im Grunde war Coel froh, dass dieser Kerl endlich Geschichte war. Doch morgen würde für ihn einer der schwersten Tage seines Lebens werden. Wenn nicht der schlimmste. Vor allem, weil er nicht wusste, wie er enden würde. Morgen war der Tag gekommen, an dem er Tiana die Wahrheit sagen musste.

Es klingelte und Coel öffnete die Tür, jedoch stand niemand davor. Er hob den Hörer für die Eingangstür unten ab. «Hallo?»

«Hey, kann ich raufkommen? Ich muss dringend mit dir reden.»

Eine Männerstimme, aber es war nicht David.

«Mike?»

«Ja. Sorry, dass ich ohne Ankündigung vorbeikomme.»

Mit ihm hatte Coel nun wirklich nicht gerechnet. Er klang etwas besorgt.

«Schon gut, komm rauf.»

Als er die Wohnung betreten hatte, zog sich Mike die Schuhe aus, schritt zum Tisch und legte ein paar Papiere darauf. «Das solltest du dir ansehen.»

Coel verstand nicht ganz und näherte sich langsam den Schriftstücken.

«Ich habe sie schon vor ein paar Tagen erhalten», erklärte sein Freund weiter, «wollte es mir aber noch einmal genau ansehen.»

«Was ist das?»

«Lies die Namen», forderte sein Freund und deutete auf die Zettel, auf denen zwei Männer abgebildet waren.

«Ich kenne diese Männer nicht. Warum zeigst du mir das, Mike?»

«Das ist der Fall, den ich gerade mit ein paar Kollegen für meinen Chef bearbeite. Du weißt ja, dass ich ein Praktikum in dieser Kanzlei mache. Es geht um den Unfall vor einem halben Jahr, in den du auch verwickelt warst.» Coel hob fragend eine Augenbraue und sein Freund fuhr fort. «Der ‹Unfall› war gar kein Unfall, sondern ein geplanter Mord. Mein Boss soll ihn aufklären und die Schuld der Mörder beweisen.»

«Aber ich habe überlebt», erwiderte Coel.

«Ja. Aber er nicht.» Mike deutete auf einen weiteren Namen und Coel lehnte sich über das Papier.

Plötzlich zog sich in ihm alles zusammen. Ihm wurde heiß und kalt und ein Schauer lief ihm über den Rücken, als er den Namen las.

David Brooks.

Das konnte nicht sein. Coel musste sich am Tisch festhalten, um nicht das Gleichgewicht zu verlieren.

«Alles in Ordnung, Coel?», fragte sein Freund besorgt.

«Das... Das ist nicht möglich...» Er schluckte laut. «David... Er war doch... in Chicago.»

«Nein, nicht zu diesem Zeitpunkt», erklärte Mike und verschränkte die Arme. «David war angehender Polizist und musste beruflich einige Male nach New York fliegen.»

Langsam hob Coel den Blick. «Aber warum?»

«Er hat ein paar Leute wegen Drogenschmuggels hinter Gitter gebracht. David war sehr gut in seinem Job, eine Art Genie, und hätte beinahe die restliche Gruppe hochgenommen. Er war ihr ein Dorn im Auge, deshalb beschloss sie, ihn loszuwerden.»

Coel erinnerte sich, wie David gegen Ryan hatte vorgehen wollen. Selbst nach seinem Tod war er offenbar noch immer ein Kämpfer der Gerechtigkeit.

Er musste schmunzeln, als er daran dachte, wie sehr David selbst jetzt noch versuchte, für alle da zu sein und jedem das zu geben, was er verdiente. Er verstand, wieso Tiana sich damals in ihn verliebt hatte und ihn nun so sehr vermisste. Selbst er musste sich eingestehen, dass er seinen Schutzengel vermissen würde, wenn er wirklich einmal fort wäre.

«Nach ein paar Monaten wurden die Drogendealer freigelassen, da die Beweise nicht ausreichten. Mittlerweile sind sie in Chicago, um ihren Handel voranzutreiben und den Schmuggel per Schiff über den Michigansee zu vollziehen.»

«Das ist der Grund, warum dein Boss nun mit diesem Fall betraut wurde.»

«Ja.» Mike atmete einmal tief durch. «Der Lkw-Fahrer und der Fahrer des Wagens, der hinter David fuhr, waren ebenfalls Drogendealer. Sie wussten, dass David diesen Weg nehmen würde. In dieser Nacht hatten sie es eigentlich nur auf ihn abgesehen»

«Und ich habe es für sie leichter gemacht, indem ich wie ein Verrückter fuhr und keine Rücksicht auf Tempolimits oder andere Autofahrer nahm.»

«Deine Fahrtechnik an jenem Abend und die hohe Geschwindigkeit haben es für sie leichter gemacht, aber sie hatten ohnehin vor, diesen Unfall zu inszenieren und David ein für alle Mal von der Bildfläche verschwinden zu lassen. Dass du damals in den Unfall verwickelt warst, war reiner Zufall.»

Coel fuhr sich mit der Hand übers Gesicht, um sich seiner Situation klar zu werden. Schwindel befiel ihn und er setzte sich, versuchte, zu begreifen, was ihm Mike gerade mitgeteilt hatte.

David war bei demselben Unfall gestorben, bei dem auch er eine Nahtoderfahrung gemacht hatte. Aber wieso gaben sie ihm dann eine zweite Chance und nicht David? Er war Polizist, hatte den Leuten schon immer geholfen, und war Tianas Freund, ihre bessere Hälfte gewesen.

Coel hingegen war nur ein guter Volleyballspieler und studierte Sport. Er hatte nichts getan, um die Welt zu einem besseren Ort zu machen. Und vor allem hatte er keine Frau zurückgelassen. Tiana. Wie sollte er ihr das erklären? Die Sache mit David war ohnehin schon schwer genug. Ihr zu sagen, dass ihr Freund bei dem Unfall gestorben war, den er verursacht hatte, das konnte er nicht.

«Coel, geht es dir gut?», fragte Mike, dem das lange Schweigen seines Freundes Sorgen zu bereiten schien.

Er atmete einmal tief ein und aus und sah Mike dann direkt in die Augen. «Ich habe ihren Freund umgebracht.»

In Mikes Gesichtsausdruck konnte er Mitgefühl erkennen, auch ihn schien die Situation zu belasten. Doch er widersprach seinem Freund.

«Nein, das ist nicht wahr, Coel. Du trägst keine Schuld daran. Diese Schmuggler haben den Unfall mit Absicht verursacht. Du hättest nichts dagegen tun können.»

«Vielleicht wäre er nicht gestorben, wenn ich anständig gefahren wäre. Möglicherweise hätte man ihn dann noch retten können.»

«Coel, beruhige dich wieder.»

«Mich beruhigen? Ist dir klar, was ich getan habe?»

«Du bist ein bisschen zu schnell gefahren bei ziemlich schlechtem Wetter. Das ist alles. Den Rest haben diese Drogendealer erledigt», versuchte Mike, seinen Freund auf den Boden der Tatsachen zurückzuholen.

Als Coel aufblickte, huschte ein Hauch von Hass gegen sich selbst über sein Gesicht. Seine rechte Hand zu einer Faust geballt, wusste er in diesem Moment nicht, ob er Mike eine verpassen oder dankbar für seine Gutmütigkeit sein sollte. In dem Wissen, dass Mike es nur gut meinte, ließ er seine Hand locker werden und atmete einmal tief durch.

«Mir ist klar», begann Coel, «dass du denkst, diese beiden tragen die Schuld an dem Unfall, doch ich werde mir meine Dummheit an jenem Tag niemals verzeihen können.»

«Es tut mir leid, Coel», gestand Mike und legte ihm seine Hand auf die Schulter. «Ich bin hierhergekommen, um dir eine Antwort auf deine Fragen zu geben. Ich denke, durch diesen Unfall ist eine Verbindung zwischen euch entstanden. Aus diesem Grund hat David dich ausgewählt und niemand anderen. Doch ich habe alles nur schlimmer gemacht. Das war nicht meine Absicht.»

Coel lächelte seinem Freund entgegen. «Du trägst keine Schuld daran. Ich muss Verantwortung für meine Tat übernehmen. Und das ausgerechnet dein Chef mit diesem Fall betraut wurde, zeigt, dass ich davon erfahren musste.»

«Was hast du jetzt vor?»

«Ich werde Tiana die Wahrheit sagen. Das schulde ich ihr. Und David. Ganz gleich, wie die Sache ausgeht, ich muss es ihr erzählen. Auch wenn ich sie dadurch verliere.»

.. .. ..

Heute würde sich alles aufklären. In wenigen Stunden fand die Geburtstagsparty von Lydia statt, für die sich alle Gäste kostümieren sollten. Er rückte seine Kleidung zurecht und tupfte die letzten weißen Farbkleckse in sein Gesicht. Dann prüfte er noch einmal, ob die Zähne gut befestigt waren, und legte seinen Umhang um.

Im selben Moment klopfte jemand an die Tür. Coel öffnete sie und stand seinem Nachbarn gegenüber.

«Fröhlichen Freitag, der dreizehnte», sagte dieser zur Begrüßung und hielt ihm einen Korb hin. «Der ist für Sie. Ich schenke allen Leuten an solchen Tagen Körbe mit Süßigkeiten. Das soll Glück bringen.»

«Ähm danke, Ihnen auch viel Glück.» Zögernd nahm Coel das Geschenk und stellte es ab, ließ jedoch sein Gegenüber kein einziges Mal aus den Augen. Er war noch nicht sicher, ob er wirklich nur sein Nachbar oder doch David war.

Sogleich folgte die Antwort. Der Mann griff sich an die Stirn und drohte vornüberzukippen, bis ihn Coel auffing. Er war ziemlich schwer, was es selbst dem Sportler erschwerte, ihn festzuhalten.

Dann kam er wieder zu sich und stellte sich aufrecht hin. Er blickte sich kurz um und wirkte erfreut, als er Coels Gesicht sah.

«Gut, dass ich dich noch erwische.»

«Was?»

«Oh, Schuhe.»

«Verstehe», erwiderte Coel. «So funktioniert das also, wenn du in einen Körper fährst. Das war echt schräg.»

«Ja, frag mich mal», scherzte David. «Aber deshalb bin ich nicht hier. Ich wollte mit dir über heute Abend sprechen.»

«Oh je, kommt jetzt wieder eine Standpauke?»

«Nein. Ich wollte dir einfach einen tollen Abend wünschen. Ich habe ein gutes Gefühl bei euch beiden.»

«Wie bitte? Ich verstehe kein Wort von dem, was du von dir gibst.»

«Du und Tiana», begann David. «Ich habe dir doch gesagt, dass du ihr Typ bist.» Er schenkte Coel ein sanftes Lächeln. «Ich hoffe nur, dass keiner der anderen etwas dagegen unternimmt.»

«Was? Welche anderen?» Noch immer hatte Coel keinen Durchblick.

«Weißt du, ich habe über das nachgedacht, worüber wir letztes Mal gesprochen haben», sprach David weiter und ignorierte gekonnt die Frage. «Über die Sache mit dem Richtigen und so. Ich habe das Gefühl, dass du es sein könntest. Immerhin bist du mir gar nicht so unähnlich.»

Er grinste und Coel lief ein Schauer über den Rücken.

«David, ich bin schuld an deinem Tod», kroch es langsam aus Coels Mund.

«Was?» Er schien ihn nicht zu verstehen.

«Ist es nicht so? Der Unfall damals in New York, den ich mit dem Auto hatte. Du warst am selben Ort, zur selben Zeit. Du warst da, als es passiert ist.»

Coel bemerkte, wie David seinem Blick ausweichen wollte. «Sieh mich an und sag mir die Wahrheit. Du bist an diesem Tag gestorben.»

«Ja.» Ein trauriges Gesicht zeichnete sich vor Coels Augen ab.

«Ich muss jetzt gehen», war alles, was David noch hinzufügte, bevor er sich wegdrehte. «Ich wünsche dir viel Spaß.» Noch einmal wandte er sich um. «Geburtstag zu feiern, war immer wichtig für Tiana. Ich hoffe, sie kann die Party mit dir genauso genießen wie mit mir damals.»

Dann schritt er davon und Coel blieb alleine zurück. Er war sich sicher, dass er den Nagel auf den Kopf getroffen hatte, doch warum bestätigte ihm David nicht, dass er damals bei diesem Unfall gestorben war?

So viele Fragen kreisten in seinem Kopf. Als es abermals klingelte und Coel öffnete, trat Leo in einem Polizeikostüm ein. Er hatte noch ein paar Bier gekauft, die sie auf die Feier mitbringen wollten.

«Happy Birthday, Alter!»

Auch wenn es nicht Coels Geburtstag war, Leo schien bestens gelaunt zu sein. Ob es an dem Bier lag, das er sich schon vor der Party gegönnt hatte, oder daran, dass er sich auf einen Abend mit hübschen Frauen in engen Kostümen freute, konnte er nicht sagen. Aber er kannte ihn gut genug, um zu wissen, dass eine dieser beiden Vermutungen der Wahrheit entsprach.

«Ich muss noch schnell mein Handy holen, dann können wir los», informierte Coel seinen Kumpel.

«Alles klar!», grölte Leo, der versuchte, zwei Daumen hochzuhalten, was ihm nicht gelang.

Coel beeilte sich, damit sich Leo nicht noch entschied, auf der Couch ein Nickerchen zu machen, und sie nicht mehr von zu Hause wegkamen.

.. .. ..

Als sie in die Straße einbogen, hörte Coel schon die laute Musik, die eindeutig von Lydias Haus ausging. Beim Eintreten bemerkte er, dass sich alle viel Mühe mit ihren Kostümen gegeben hatten. Das Fest war in vollem Gange.

«Hey, Jungs!», begrüßte sie auch schon das erste bekannte Gesicht.

«Hi, Lydia, alles Gute zum Geburtstag», rief Coel über die laute Musik hinweg. In ihrem engen Polizistinnen-Outfit hatte er sie sofort erkannt. Leo verkniff sich einen Kommentar zu ihrem Kostüm natürlich nicht.

«Lydia, du siehst heiß aus, Kleine. Happy Birthday!» Er schmiegte sich an sie und gab ihr einen Schmatzer auf den Mund. «Wir passen gut zusammen, wir beide.»

Er grinste ihr frech ins Gesicht, während er seine Hand um ihre Hüfte legte und sie an sich drückte.

«Allerdings», erwiderte Lydia und stieg auf das Spiel ein, indem sie ihn ebenfalls küsste.

Langsam musste Coel würgen, als ihm auch schon Mike und Lucy entgegenkamen.

«Seht mal, wer da ist», sagte Lydia und ging auf die beiden zu, die sich für ein Pärchenkostüm entschieden hatten. Mike trug Kleidung, die Coels etwas ähnelte, jedoch mehr den Adelsstand hervorhob, und Lucy eine Art rosa Ballkleid und ein kleines Krönchen. Sie waren wohl Prinz und Prinzessin.

«Tolles Outfit, Coel», lobte Lucy ihn.

«Ja, habt ihr euch abgestimmt?», fragte Mike und kassierte dafür einen scharfen Blick seiner Freundin, die ihm andeutete, still zu sein. Weswegen auch immer.

Sogleich sollte er den Grund erfahren.

Als Tiana zu ihnen stieß, blieb Coel der Mund offen stehen, da auch sie als Vampir verkleidet war. Ihre langen roten Haare hatte sie teilweise zusammengebunden und geflochten, während der Rest ihr bis zu den Hüften hinabhing. Mit dieser Kleidung konnte man sie beide eher im siebzehnten Jahrhundert einordnen als bei den modernen Vampiren.

«Gutes Kostüm», machte sie ihm ein Kompliment.

«Gleichfalls», gab er mit einem Zwinkern zu und bemerkte, dass sie leicht rot wurde, als sie verlegen an ihrem Weinglas nippte.

.. .. ..

Später stand Coel alleine mit Tiana an einem Tisch und trank ebenfalls Wein, weil es gut zu dem Kostüm passte und schon den ganzen Abend ein Fotograf um ihn und Tiana herumschwirrte, dem ihre Outfits zu gefallen schienen.

«Da haben sich zwei gefunden», hörte Coel Tiana sagen und sah in dieselbe Richtung. Dort entdeckte er Lydia und Leo, die sich aneinanderschmiegten und innig küssten.

In Coel kam ein Würgelaut hoch.

«Alles in Ordnung?», fragte Tiana.

«Das ist widerlich.»

«Hey, das ist Lydia, von der du da sprichst.»

«Nicht sie. Die Situation an sich. Ich meine, können die sich kein Zimmer suchen? In dem Haus gibt es doch reichlich davon.»

Coel deutete mit einem Nicken in Richtung der Villa von Lydias Vater. Allerdings erntete er nur einen Lacher von Tiana. Dann leckte sie über ihren Zeigefinger und fuhr damit über seine Oberlippe.

«Was machst du da?», fragte Coel erschrocken.

«Entschuldige. Du hattest da etwas Wein.»

«Ach ja?» Coel grinste ihr frech entgegen, nahm ihre Hand und leckte über den Zeigefinger, mit dem sie angeblich den Wein fortgewischt hatte. «Jetzt ist er da, wo er hingehört.»

Er konnte erkennen, wie Tiana erstarrte und ihr die Röte ins Gesicht schoss. Erneut grinste er ihr herausfordernd entgegen und leckte sich genüsslich die Lippen, um auch wirklich den letzten Tropfen Wein zu erwischen.

«Bitte macht das noch mal!», ertönte plötzlich eine Stimme neben ihm. Coel drehte seinen Kopf und entdeckte den Fotografen, der ihn und Tiana schon die ganze Zeit ablichtete.

«Entschuldige, was sollen wir?», fragte er, um sein Desinteresse zu bezeugen.

«Ihr beide seht einfach toll aus! Wenn wir ein paar Fotos machen könnten, auf denen ihr was Vampirmäßiges macht, wäre das toll.»

«Ja, das glaube ich sofort», murmelte Coel und musste lachen.

«Na ja», begann dann Tiana, «wir konnten aus unseren Weingläsern trinken und so tun, als wäre es Blut.»

«Was?» Coel verstand gar nichts mehr.

«Komm schon! Das wird lustig.»

Coel schüttelte den Kopf, lehnte sich dann jedoch zu Tiana und nippte genüsslich an seinem Glas.

Sofort drückte der Fotograf ab und war hellauf begeistert von Coels Engagement.

«Das war hervorragend! Könnt ihr noch was anderes machen? Irgendeine Vampirpose?»

Nun war Tiana die, die nicht ganz durchblickte, dafür Coel umso schneller. Er hob sein Cape und hielt es sich vors Gesicht, sodass nur noch die Augen hervorstachen, die er zu kleinen Schlitzen zog. Danach ließ er seinen Umhang nach hinten gleiten, hob mit beiden Armen jeweils die Enden an und öffnete den Mund, sodass man seine Zähne sehen konnte. Seine weit aufgerissenen Augen unterstrichen die bedrohliche Pose.

Tiana musste lachen bei diesem Anblick und tat es ihm gleich.

«Das ist super! Ihr seid ein tolles Paar», meinte der Fotograf noch immer begeistert.

«Wir sind kein...», wollte Coel ihn aufklären, doch Tiana unterbrach ihn.

«Danke. Wir geben uns Mühe.»

Coel warf Tiana einen fragenden Blick zu, erhielt jedoch nur ein süßes Lächeln als Antwort. Nun war er vollkommen verwirrt.

«Kannst du sie beißen?», fragte der Künstler.

«Wie bitte?», entkam es Coel verdattert.

«Na ja, du musst sie nicht wirklich beißen, nur so tun.»

Erneut sah Coel fragend zu Tiana, doch diese schien damit einverstanden. Zögernd drehte er sich zu ihr, legte ihren Kopf etwas schief und legte seine falschen Zähne an ihren

Hals. Dabei berührten auch seine richtigen Zähne ihre Haut und er fühlte ihren Puls, der schneller zu schlagen schien.

Langsam zog er seinen Kopf wieder zurück, verharrte noch einen Moment vor ihrem Gesicht. Sie hatte ihre Augen geschlossen und sah wunderschön aus. Sanft strich er ihr eine Strähne hinter das Ohr und berührte dabei ihre Wange.

Tiana schlug die Augen auf, wandte den Blick jedoch nicht ab. Ihre tiefblauen Augen blickten ihm beinahe in die Seele. Vorsichtig zog er ihr Gesicht zu seinem und verharrte kurz vor ihren Lippen.

Wieder hörte er ein paarmal das Klicken der Kamera, das ihn aus seiner Trance riss.

Er löste seine Hand von Tianas Hals und machte einen Schritt zurück.

Was hatte er sich dabei gedacht? Wie konnte er so ein Risiko eingehen?

Genau das war es. Er hatte nicht gedacht. Er hatte sein Hirn ausgeschaltet und sich von seinen Gefühlen leiten lassen. Und damit hatte er nicht nur sich, sondern auch Tiana in eine unangenehme Situation gebracht. Als er sich umdrehte, hielt ihn eine Hand zurück.

«Coel», hörte er Tiana sagen, die versuchte, ihn zu sich zu drehen. Doch er konnte ihr nicht in die Augen sehen. Nicht in diesem Moment.

«Entschuldige», flüsterte er, ehe er sich aus ihrem Griff löste. «Ich muss kurz auf die Toilette.» Ohne einen weiteren Blick in ihre Richtung ging er davon.

.. .. ..

Als Coel von der Toilette zurückkam, entdeckte er Tiana bei ihren Freundinnen. Sie schienen sich gut zu unterhalten und Spaß zu haben. Jedoch verflüchtigte sich ihr Lachen, als sie ihn erblickte. An ihrem Gesichtsausdruck konnte er erkennen, dass sie verletzt war. Er bekam ein schlechtes Gewissen, sie einfach so stehen gelassen zu haben. Jedoch durfte dieser Kuss nicht sein. Noch nicht.

«Alles in Ordnung, Coel?», riss ihn ihre Stimme aus den Gedanken, als Tiana plötzlich vor ihm stand. Er war wohl tiefer in seine eigene Welt eingetaucht als vermutet.

«Ja, alles bestens. Ich musste nur schnell wohin.» Er hoffte, dass sie nicht erkannte, dass er ihr ausgewichen war.

«Gut. Ich dachte schon, du wärst vor mir geflüchtet», erwiderte sie und lächelte gekünstelt. Dieser Frau konnte er nichts vormachen.

«Tut mir leid, Tiana.» Coel atmete einmal tief durch und fügte hinzu: «Dass ich dich beinahe geküsst hätte.» Er wandte den Kopf verlegen zur Seite und fühlte ihre Hand an seiner Wange, mit der sie ihn wieder zu sich drehte.

«Ich hätte nichts dagegen gehabt.» Ohne eine weitere Erklärung ging sie wieder zu ihren Freundinnen.

Was sollte das nun wieder heißen? Hätte er sie wirklich küssen sollen? Langsam war Coel so verwirrt, dass er nicht mehr wusste, wo ihm der Kopf stand. Allerdings war heute vielleicht die letzte Gelegenheit, sie zu küssen.

Später setzten sich ein paar der Freunde zusammen und spielten ein Brettspiel, bei dem man einige Begriffe erklären, zeichnen oder pantomimisch darstellen musste. Was mit den Kostümen gar nicht so leicht war. Coel und auch Tiana hatten ihre Vampirzähne zur Sicherheit herausgenommen und waren zu zweit in einem Team, worüber Coel froh war. Schließlich waren dies vielleicht die letzten Stunden, die er gemeinsam mit Tiana verbrachte. Er wollte keinesfalls sentimental wirken, doch das Gespräch, das ihm noch bevorstand, könnte alles verändern.

Ein Wort, dass er pantomimisch darstellen musste, lautete: *Kussmund*. Nicht gerade das beste Wort.

Coel setzte sich vor Tiana und spitzte die Lippen.

«Hey, Coel, ich glaube, du hast das Spiel nicht verstanden», kam gleich ein dummer Kommentar von Leo.

Coel rollte nur mit den Augen und machte weiterhin seinen Kussmund.

«Kuss?», fing Tiana an, zu raten, doch sie erntete nur ein Kopfschütteln.

«Liebeskuss, erster Kuss, Kuss der wahren Liebe, keine Ahnung.»

Leo krümmte sich schon vor Lachen und die anderen warteten gespannt darauf, dass sie weiterriet.

«Los, du hast es bald.»

Coel kam sich mittlerweile wirklich doof vor, aber was sollte er stattdessen machen? Wie sollte man dieses Wort ansonsten darstellen?

«Kusslippen», war ihr nächster Einfall, bis Coel seinen Mund auf und zu machte wie ein Fisch. «Kussmund!», fiel es ihr wie Schuppen von den Augen.

«Ja!», freute sich Coel.

«Und was ist jetzt mit dem Kuss Mund?», bemerkte Leo, der frech grinste.

«Wieso willst du einen Kuss?», wollte Coel wissen, schritt zu ihm und er rutschte zurück.

«Was? Nein! Hast du sie nicht mehr alle?»

«Dann pass besser auf, was du sagst», mahnte Coel, streckte ihm die Zunge heraus und setzte sich neben Tiana. «Gut geraten.»

«Das war aber auch echt schwer.» Sie grinste verlegen und Coel überlegte, ob er sie nicht einfach hätte küssen sollen. Wenn ihm das Schicksal schon solche Karten gab.

Das Spiel gewannen sie leider trotzdem nicht. Lucy und Mike schlugen alle um Längen. Sie waren eben schon ein gut eingespieltes Paar.

Einige Zeit später versammelten sich alle, um das Geburtstagsfeuerwerk für Lydia zu sehen. Da sie einundzwanzig wurde, ließ sie es richtig krachen. Lucy und Mike hatten bereits an alle Sektgläser ausgeteilt und schenkten schon mal ein, damit sie anstoßen konnten.

«Also, Leute», begann Lucy, «es geht los.»

Wie auf ein Stichwort hielten alle ihre Gläser in die Mitte. «Happy Birthday, Lydia!»

Sie prosteten sich gegenseitig zu, stießen miteinander an und lachten. Lucy und Mike, ebenso wie Lydia und Leo küssten sich. Nur Coel wusste nicht so recht, was er tun sollte. Er sah zu Tiana, die ebenso seinen Blick zu suchen schien. «Tolles Feuerwerk», bemerkte er.

Ach, was soll's! Einer Intuition folgend, zog er ihr Kinn sanft zu sich, blickte ihr kurz in die Augen und küsste sie lang und innig. Dann ließ er langsam von ihr ab und musste schmunzeln, als er ihr knallrotes Gesicht vor sich sah.

«Danke», kroch es aus ihrem Mund, während sie peinlich berührt zur Seite sah.

«Ooohhh», war es von der Seite zu hören und als Coel sich umdrehte, entdeckte er Lucy und Lydia, die ihn anhimmelten.

«Das war ja süß», sagte Lucy.

«Ja, wie romantisch», ergänzte Lydia.

«Ist ja gut, es reicht», unterbrach Coel die beiden, während sein Herz wie wild klopfte. Mit so einem Abschluss hatte er nicht gerechnet.

Doch eigentlich war dies erst der Anfang einer langen und schweren Nacht. Er konnte es nicht länger hinauszögern. Vor allem nicht nach diesem Kuss.

«Tiana, können wir vielleicht kurz einen Spaziergang machen? Nur wir beide.»

«Ja, gern.» Sie nippte noch ein letztes Mal an ihrem Glas, bevor sie es zur Seite stellte.

«Uuuhhh», kam es wieder von den zwei Frauen.

Coel beschloss, nicht darauf einzugehen und sich langsam mit Tiana zu entfernen. Sie spazierten im Gras, ein Stückchen weg vom Haus, und sahen sich das Feuerwerk, das sich dem Ende neigte, an.

«Ein schöner Start in ein neues Lebensjahr. Findest du nicht?», fragte Tiana.

Coel zog es langsam die Kehle zu. Er konnte nichts erwidern. Hatte keine Ahnung, wie er das nun beginnen sollte. Seine Hände und Füße waren schwer wie Blei, ihm war plötzlich heiß und kalt und er hatte das Gefühl jeden Moment zusammenzubrechen. War das eine Panikattacke? Nein. Nicht jetzt. Er musste es ihr endlich sagen.

«Tiana», keuchte er.

«Alles in Ordnung, Coel? Geht's dir gut?»

«Ja, ich weiß nur nicht, wie ich anfangen soll.» Tief ein- und ausatmen. Das half immer.

«Tiana, ich muss dir jetzt etwas sagen, das dir wahrscheinlich wehtun wird.» Ihr erschrockenes Gesicht zeigte ihm, wie sehr sie bereits dieser Satz traf. Dabei hatte er nicht einmal richtig angefangen.

«Du weißt, dass ich vor circa einem halben Jahr diesen Unfall hatte, durch den ich kurzzeitig klinisch tot war.»

Tiana nickte, jedoch kam kein Wort über ihre Lippen.

«Als ich tot war, hatte ich einen Traum», erklärte er weiter. «Na ja, mir kam es vor wie ein Traum, aber es war Realität. Ich war in einer Art Zwischenwelt und Stimmen haben zu mir gesprochen. Engel oder so ähnlich.»

Wieder keine Reaktion. Nur die weit aufgerissenen Augen einer Frau, die sich auf das Schlimmste gefasst zu machen schien.

«Die Stimmen sagten mir, dass ich eine zweite Chance bekäme. Aber ich hatte auch einen Auftrag erhalten, den es zu erfüllen galt.» Coel atmete tief durch. «Ich sollte dich suchen und auf dich achtgeben. Man sagte mir, dass du eine schwere Zeit durchmachen würdest und ich dir dabei helfen sollte, es leichter zu überstehen und wieder Freude am Leben zu finden.»

«Wer... Wer hat dir das gesagt?», fragte Tiana zögernd.

«Mein Beschützer.» Unsicher kratzte sich Coel am Kopf. «Er ist, glaube ich, so was wie mein Schutzengel und hat schon öfter mit mir gesprochen. Nicht als Geist, sondern durch andere Menschen.»

Tiana zog fragend eine Augenbraue hoch und sah ihn etwas ungläubig an.

«Ich weiß, dass sich das alles verrückt anhört, doch es ist die Wahrheit.»

«Soll das heißen, du hast dich nur mit mir abgegeben, weil es deine Aufgabe war?» Leichte Wut schwang in ihrer Stimme mit.

«Nein! Auf keinen Fall! Das darfst du nicht denken.»

«Es hört sich aber danach an.»

«Ich weiß», gab er zu und rieb sich nervös den Nacken. «Es mag so angefangen haben. Ich kannte dich ja noch nicht wirklich, aber du bist mir ans Herz gewachsen und ich war sehr froh, dass ich dich kennengelernt habe.»

«Und worauf willst du jetzt hinaus, Coel?»

Langsam stieg die Ungeduld, das hatte er schon gemerkt.

«Der Unfall... und mein Schutzengel...» Wie fing er das am besten an? «Mike war vor ein paar Tagen bei mir und hat mir von einem Fall erzählt, dem sein Boss gerade nachgeht. Er musste etwas für ihn ausarbeiten und ist dabei auf den Unfall von damals gestoßen.»

«Was hat das mit mir zu tun?»

«Der Unfall von damals war kein Unfall. Es war alles geplant, um jemanden zu töten.» Coel ließ die Worte kurz wirken. «Der Lkw-Fahrer und ein Autofahrer, der in einem der Wagen hinter mir saß, haben den Unfall inszeniert. Ich war damals viel zu schnell auf der Straße unterwegs und das Wetter war miserabel. Damit habe ich ihnen irgendwie den Weg geebnet oder habe es für sie eben leichter gemacht, ihren Plan durchzuziehen. Und es gelang ihnen.»

Coel ergriff ihre Hände und hielt sie fest. Er hatte das Gefühl, Halt zu brauchen. Er sah ihr tief in die Augen und etwas in seinem Hals schnürte ihm beinahe die Kehle zu, sodass ihm das Weitersprechen schwerfiel.

«Tiana... es tut mir leid... aber... der Autofahrer... der Mann, der damals gestorben ist... Es ist meine Schuld...» Coel schluckte und ihm liefen ein paar Tränen über die Wangen. «Ich bin schuld am Tod von... David.»

Coel fühlte, wie sich Tiana versteifte und ihn wortlos anstarrte.

«Es tut mir so leid. Er hat mich gebeten, es dir zu sagen, aber... ich habe es nicht eher übers Herz gebracht.»

Tiana löste ihre Hände von seinen. «Willst du damit sagen... David ist dein Schutzengel? Er spricht mit dir?» Langsam füllten sich ihre Augen mit Tränen und ihr Gesicht formte eine finstere Miene.

«Ja. Es tut mir leid, dass ich es dir nicht früher erzählt habe. Ehrlich.»

Plötzlich fuhr Tianas Hand vor und klatschte Coel laut ins Gesicht. Seine linke Wange rötete sich und sie sah ihm hasserfüllt entgegen.

«Deine Ehrlichkeit kannst du dir sparen.»

So schnell konnte er nicht reagieren, da wandte sie sich um und rannte davon.

.. .. ..

Tiana

Wie konnte er nur? Wenn er sie loswerden wollte, sie auf Abstand halten wollte, hätte er nur etwas sagen müssen. Warum erfand er so eine Geschichte, nein, so eine Lüge und zog dann auch noch David hinein? Tiana konnte nicht beschreiben, wie tief der Schmerz gerade saß. Sie hatte sich in ihn verliebt und er machte sich nur über sie lustig. Das schlechte Gewissen meldete sich zwar bei ihr, weil sie Coel eine verpasst hatte, doch warum hatte er sie auch so verletzt?

Wieso hatte er ihr das erzählt? Und der Kuss? Hatte er sie nur geküsst, damit es umso mehr schmerzte? Hatte er nur mit ihr gespielt? Am liebsten würde sie David fragen, ob er log oder nicht. Wo war er in diesem Moment? Wie ging es ihm? David. Sie brauchte ihn gerade mehr denn je.

Ihr Handy klingelte und riss sie aus ihren Gedanken. Coels Name stand auf dem Display. Coel. Sofort drückte sie ihn weg. Dann folgten Anrufe von Lucy und Lydia. Bei keiner ihrer Freundinnen nahm sie ab. Sie wollte jetzt mit niemandem reden. Wollte einfach nur ihre Ruhe haben. Noch immer wütend und verletzt stieg sie in ein Taxi und ließ sich nach Hause fahren.

Dort angekommen, schliefen zum Glück schon alle. Sie musste keine Erklärungen abgeben und konnte sofort in ihrem Zimmer verschwinden. Als sie sich umgezogen und sich abgeschminkt hatte, legte sie sich ins Bett. Sie griff nach dem Bild von sich und David und drückte es fest an sich, um daraus ein bisschen Kraft zu schöpfen. Doch ihre Gedanken kreisten nicht mehr um ihn, sondern um Coel. Nun hatte sie sein Bild vor Augen. Die Luft blieb ihr immer wieder weg und es zerriss ihr beinahe das Herz. Scheinbar hatte sie es gänzlich an ihn verloren. Mit dieser Erkenntnis schloss sie die Lider, während ihr ein paar Tränen über die Wangen flossen, und weinte sich in den Schlaf.

.. .. ..

Ein neuer Tag brach an. Tiana ging ins Bad und machte sich fertig. Inzwischen hatte sie sich etwas beruhigt, fühlte aber immer noch den Schmerz, der in ihrer Brust saß. Als sie sich zum Frühstücken an den Tisch setzte, bemerkte sie die verwunderten Blicke ihrer Familie und überlegte, ob sie etwas von gestern Nacht mitbekommen hatten.

«Geht's dir wieder besser?», fragte Matthew besorgt.

«Ja, wieso?», entgegnete Tiana verwirrt. Spielte er auf den gestrigen Abend an?

«Lydia hat mir geschrieben, dass du Bauchschmerzen hattest und deswegen die Feier eher verlassen hast. Sind sie weg? Vielleicht solltest du lieber nur ein trockenes Brötchen essen», erklärte ihre Mutter.

«Ach das, ja, es geht mir schon besser, danke.»

Lydia hatte ihrer Mutter geschrieben? Sie machten sich wohl alle große Sorgen. Aber wie war sie auf die Idee mit den Bauchschmerzen gekommen? Hatte ihnen Coel etwas erzählt?

Coel. Wenn sie an ihn dachte, schmerzte ihr Herz erneut. Sie beschloss, ihr Handy zu holen, und während sie einen Blick darauf warf, wurde ihr klar, wie Lydia darauf gekommen war.

Nachricht von Coel:
Tiana, bitte heb ab...

Nachricht von Coel:
Es tut mir leid...

Nachricht von Coel:
Ich vermiss dich jetzt schon...

Nachricht von Coel:
Tut mir leid wegen heute Abend. Ich wollte dir nicht die Feier versauen. Ich habe Lydia und den anderen erzählt, dass du Bauchschmerzen hast und deshalb nach Hause gefahren bist. Es wird dir also keiner eigenartige Fragen stellen. Ich hoffe, es geht dir gut.

Ich wünschte, ich könnte alles rückgängig machen und kann verstehen, wenn du sauer auf mich bist, mich hasst, oder mich nie wiedersehen willst. Aber eines möchte ich dir noch sagen: Du bist für mich der wichtigste Mensch auf der Welt geworden, Tiana.

Er hatte ein schlechtes Gewissen. Doch was sollte sie tun? Sie konnte ihm seine Geschichte nicht glauben. Wie auch? Er sprach angeblich mit Engeln, die ihm gesagt hatten, dass er auf sie aufpassen sollte? Und die Sache mit David, dass er Coel besucht hatte und öfter mit ihm sprach... Diese Geschichte war einfach nur daneben.

Tiana beschloss, eine Weile spazieren zu gehen, um sich über alles klar zu werden. Später würde sie ihre Freundinnen anrufen und sich bei ihnen entschuldigen, weil sie so früh gegangen war. Die Wahrheit würde sie allerdings nicht erzählen. Nein. Was gestern zwischen ihr und Coel vorgefallen war, würde sie für sich behalten. Das betraf nur sie alleine.

Kapitel 14:
Veränderungen

Coel

Coel kam langsam zu sich und blickte an eine weiße Decke. Während er sich umsah, erkannte er, dass er sich nicht bei sich zu Hause, sondern vermutlich in einem Krankenhaus befand. Wie war er hierhergekommen? Er wusste noch von dem Gespräch mit Tiana und dann verschwamm seine Erinnerung.

Ein Mann mit einem weißen Kittel trat ins Zimmer und schritt auf Coel zu. «Guten Tag, ich bin Dr. Cromwell, Ihr behandelnder Arzt. Wie geht es Ihnen?»

Noch etwas benommen setzte sich Coel auf und fuhr sich einmal mit der Hand übers Gesicht, um wacher zu werden. «Ein bisschen... müde.»

«Das wird sich legen.»

«Was ist passiert?»

«Sie hatten einen Ohnmachtsanfall.»

Jetzt war Coel hellwach. Er hatte was gehabt? Wie war so etwas möglich?

«Was soll das heißen?»

«Nun, Sie haben wahrscheinlich unter großem Stress gestanden, was Ihren Körper in Alarmbereitschaft versetzt hat. Ihr Nachbar hat Sie daraufhin gefunden und hergebracht.»

Coel starrte den Arzt mit offenem Mund an und wusste nicht, was er sagen sollte. All diese Informationen, die gerade wie eine Flutwelle über ihn hereinbrachen, musste er erst einmal verarbeiten.

«Keine Sorge, Ihr Körper braucht nur Zeit.» Der Arzt warf einen letzten Blick auf die Krankenakte. «Da wäre noch etwas.» Er blickte wieder auf. «Sie sollten sich jemanden zurate ziehen, damit Sie mit solchen Attacken in Zukunft besser umgehen können.» Dr. Cromwell drehte sich um, da eine Krankenschwester eintrat, um ihm eine wichtige Mitteilung zu machen. Danach wandte sich der Arzt wieder um und blickte noch ein letztes Mal zu Coel. «Entschuldigen Sie mich, ich werde später noch einmal nach Ihnen sehen, denn wir behalten Sie noch eine Nacht zur Beobachtung hier. Ihr Nachbar wartet bereits vor der Tür. Ich schicke ihn zu Ihnen.»

Der Arzt verließ den Raum und Coel blieb völlig erschlagen von seiner Diagnose zurück.

«Es tut mir leid, Coel», begann sein Nachbar sofort, als er nur wenige Sekunden später den Raum betrat. «Ich wollte nicht, dass es so weit kommt.»

«David?»

Dieser nickte. «Ich habe gesehen, wie du gestern nach dem Vorfall mit Tiana nach Hause gefahren bist. Nachdem ich bei ihr war, habe ich dich gesucht und bewusstlos vor deiner Haustür gefunden. Da es schon später war, hat dich wohl sonst niemand entdeckt.»

«Danke.» Coel war erleichtert, dass es David war und niemand sonst. Das hätte nur einen unnötigen Aufruhr gegeben.

«Niemand weiß bisher davon. Ich habe nur Leo eine Nachricht vor eure Tür gelegt, damit er weiß, wo du bist. Ich habe ihn gebeten, es vorerst für sich zu behalten. Damit keine Panik ausbricht.»

«Verstehe.» In Coels Kopf drehte sich alles. Das alles zu verarbeiten, würde eine Weile dauern.

«Ich habe gehofft, dass sie nichts unternehmen, obwohl du Tiana die Wahrheit gesagt hast und auch Mike davon wusste, aber sie konnten es wohl nicht lassen», riss ihn David aus seinen Gedanken und wirkte enttäuscht.

«Wer sind sie?»

«Die anderen... Engel.»

«Die Stimmen, die damals zu mir gesprochen haben», folgerte Coel.

«Ja. Sie wollten dir einen kleinen Denkzettel verpassen.» David schaute verlegen in seine Richtung. «Ich wollte nicht, dass Tiana dich abweist.»

«Sie hat ganz natürlich reagiert», erklärte Coel und wurde sich bewusst, dass er sie womöglich wirklich verloren hatte.

«Ich werde mit ihr reden und ihr alles erklären.»

Jetzt war Coel wieder aufmerksam. «Du willst dich ihr zeigen?»

«So gut es eben geht, ja. Das ist wohl die einzige Möglichkeit, damit sie mich gehen lässt und ich endlich Ruhe finden kann. Das ist auch im Interesse der anderen.» David schenkte ihm ein Lächeln. «Aber erhole dich jetzt erst einmal und schaue, dass du wieder auf die Beine kommst. Immerhin kann dein Volleyballteam sicher nicht ewig auf dich verzichten.» Bevor er den Raum verließ, fiel ihm noch etwas ein. «Keine Angst, ich verrate Tiana nichts hiervon.»

.. .. ..

Tiana

Eine Woche war vergangen seit dem Vorfall mit Coel und heute war sein Geburtstag. Tiana war auf die Party eingeladen, hatte aber eigentlich nicht vor, hinzugehen. Vielleicht würde sie ihm später eine Nachricht schreiben, aber das wäre alles. Sie wollte ihn aus ihrem Kopf, aus ihrem Leben verbannen. Denn sie hatte das Gefühl, alles, was mit ihm zu tun hatte, war eine Lüge.

Gemütlich spazierte sie am Navy Pier, ihrem Lieblingsort in Chicago, auf und ab und beobachtete die Schiffe, die im Hafen ein- und ausfuhren. Der Wind war schon etwas kalt, obwohl die Sonne schien. An manchen Plätzen entdeckte sie Pärchen, die sich eine Tüte Eis teilten oder einfach nur Hand in Hand den aufkommenden Herbst genossen.

Tiana fühlte keinerlei Hass oder Eifersucht, als sie die Verliebten sah, sondern freute sich sogar für sie. Immer wieder musste sie lächeln, wenn sie ein paar jüngere, frisch verliebte Paare entdeckte, weil sie das an sie selbst erinnerte. Auch wenn es bei ihr schon ein Weilchen her war.

Während sie über David nachdachte, starrte sie zum Himmel und hoffte, dass es ihm gut ging. Coel zufolge war er noch irgendwo hier auf der Erde, doch daran glaubte sie nicht. Tiana war der festen Überzeugung, dass er sie zwar hin und wieder beobachtete, jedoch von einem weit entfernten Ort, an dem es wunderschön war und einem kein Leid widerfahren konnte.

Sie hatte mit ihm abgeschlossen. David war ein wundervoller Mensch gewesen, den sie niemals vergessen würde, aber er sollte nun weiterziehen und seine Ruhe finden können. So wie sie.

«Tiana?», vernahm sie plötzlich eine Stimme hinter sich, die sie jedoch nicht kannte.

Sie wandte sich um und entdeckte einen jungen Mann in Sportkleidung, der vor ihr stand und sie freundlich anlächelte. «Ich wusste, dass ich dich hier finde.»

«Entschuldigung, kennen wir uns?» Wer war der Kerl? Und woher kannte er ihren Namen? Etwa ein Stalker?

«Nein, also ja. Eigentlich schon.»

Er ging auf sie zu und Tiana machte einen Satz zurück und ging in Kampfstellung. «Halt! Keinen Schritt weiter. Wer sind Sie? Was wollen Sie von mir?»

Doch der Fremde lachte nur. «Du bist süß. Offenbar hast du nicht vergessen, was ich dir beigebracht habe, als ich noch in der Polizeischule war.»

Was? Tiana verstand nicht ganz. «Sagen Sie mir Ihren Namen.»

«Nun...» Der Mann kratzte sich am Kinn. «Den Namen dieses Mannes», er deutete auf sich selbst, «kenne ich nicht. Aber mein Name ist... David.»

Tiana überkam eine Gänsehaut, sie traute ihrem Gegenüber jedoch noch nicht über den Weg. «Was haben Sie gesagt?»

«Tiana, du musst mich nicht siezen. Wir beide kennen uns schon so lange. Ich weiß, dass das schwer für dich sein muss. Ich sehe nicht so aus und ich klinge nicht wie ich, aber ich bin David.»

Tiana schenkte ihm einen verachtenden Blick. «Ist das ein dummes Spiel? Sind Sie... Bist du ein Freund von Coel? Dann kannst du ihm sagen, dass das nicht witzig ist.» Sie stellte sich wieder aufrecht hin und wollte gehen, als sie der Fremde am Arm festhielt. Sofort wollte sie losschreien, doch ihre Stimme versagte. Er zog sie zu sich und sah ihr tief in die Augen. Sein Blick war von Leid geplagt und doch zeichnete sich in seinem Gesicht ein Lächeln ab.

«Diese Ohrringe hast du von mir erhalten. Erinnerst du dich? Ich habe sie dir an unserem Jahrestag in Venedig geschenkt. Was hatte ich für ein schlechtes Gewissen, weil sie dich an deinen verstorbenen Vater erinnert haben, doch du sagtest, dass es nicht schlimm wäre und du die Engelsfedern nun mit uns beiden verbinden würdest.»

Plötzlich durchfuhr Tiana ein Kribbeln, ein Schauer lief ihr über den Rücken und als sie tiefer in die Augen dieses Mannes sah, erkannte sie, dass er die Wahrheit sprach. Wie sonst könnte er davon wissen? Sie hatte nie jemandem von diesem Gespräch erzählt, auch Coel nicht. Noch vor wenigen Sekunden hatte sie gedacht, er sei für immer fort, und nun stand er vor ihr.

«David.» Ein paar Tränen rannen ihr über die Wange, als sie erkannte, dass sie noch einmal die Chance erhielt, mit ihm zu sprechen. Freudentränen.

«Ja, Tiana. Ich bin es.» Er nahm sie in den Arm und sie drückte ihn fest an sich. Ein paar Minuten verharrten sie so, bis sie langsam von ihm abließ.

«Warum jetzt?», fragte Tiana.

«Weil es nun Zeit für mich ist, zu gehen.»

«Was? Aber du bist doch gerade erst gekommen.»

«Tiana, ich kann nicht lange in diesem Körper bleiben. In keinem Körper.» David atmete einmal tief durch und schenkte ihr dann ein Lächeln, das ihr Herz heftig pochen ließ. «Ich wollte dir schon lange sagen, dass es mir gut geht, aber ich dachte... wenn ich dich besuche... wenn ich dir so gegenübertrete... Das würde dir das Herz brechen... Aber jetzt hast du jemand Neues gefunden. Du bist über mich hinweg.»

Tiana starrte ihn entgeistert an. Passierte das gerade wirklich? War sie eingeschlafen und träumte vielleicht? Und was hieß, sie hätte jemand Neues gefunden? Etwa...

«Tiana, ich weiß, wie viel dir Coel bedeutet. Und ich bin hier, um dir zu sagen, dass alles, was er dir auf Lydias Feier gesagt hat, der Wahrheit entspricht.» David streichelte sanft Tianas Wange. «Coel hat dich nicht angelogen. Er hat versucht, dir die Wahrheit zu sagen, was für ihn sehr schwer war. Er wusste, wie unglaubwürdig diese Geschichte klingt. Trotzdem wollte er, dass du es erfährst. Selbst auf die Gefahr hin, dass du den Kontakt zu ihm abbrichst und er dich nie wiedersieht. Weil er dich liebt.»

Einen kurzen Moment benötigte Tiana, um all die Informationen zu verarbeiten.

«Was? Dann... Dann bist du wirklich sein Schutzengel? Du hast... Du hast mit ihm gesprochen, ihn darum gebeten, auf mich aufzupassen?»

«Ja.»

«Wieso bist du nicht selbst zu mir gekommen?»

«Ich wollte dich nicht verletzen. Und Coel... Wir sind durch das Schicksal miteinander verbunden. Dieser Unfall... Das war nicht seine Schuld, Tiana.»

«Ich weiß», unterbrach sie ihn und überraschte David damit offenbar. «Ich war nur wütend auf ihn, weil er... Es klang, als hätte er diese Geschichte erfunden. Als wollte er mich absichtlich verletzen.»

«Aber all das war die Wahrheit», korrigierte David.

«Ja, das erkenne ich jetzt auch.» Langsam plagte Tiana das schlechte Gewissen, weil sie Coel eine verpasst hatte, obwohl er nur ehrlich zu ihr gewesen war. Obwohl er ihr nur helfen wollte.

Seit sie sich kennengelernt hatten, war er für sie da. Immer. Er brachte sie zum Lachen, ließ sie nie im Stich und wollte nur das Beste für sie. Er hatte seine Aufgabe also erfüllt.

«Tiana», holte David sie aus ihren Gedanken. «Geh auf seine Party.» Sie blickte zu ihm hoch. «Du wirst es ewig bereuen, wenn du Coel heute alleine lässt. Fahr zu ihm und rede mit ihm.»

Tiana schenkte David ein Lächeln und gab ihm einen Kuss auf die Wange. «Danke. Danke für alles. Ich werde dich vermissen, aber... es geht dir gut. Das ist alles, was zählt.»

«Leb wohl, Tiana.» Mit einem Lächeln drehte er sich um und ging davon.

Tiana musste schmunzeln, als er fortging. Sie hatte nicht das Gefühl von Verlust oder Leere. Im Gegenteil. Sie fühlte Wärme und eine Art inneren Frieden. Endlich fühlte sie sich frei.

.. .. ..

Coel

Coel's Geburtstagsfeier war in vollem Gange. Alle schienen sich zu amüsieren und Spaß zu haben. Für die Feierlichkeiten hatte Lydia das Haus ihrer Eltern zur Verfügung gestellt. Es war eine große Party mit vielen Gästen. Auch seine Familie und die Valerans waren da. Nur eine Person fehlte und das war auch der Grund, warum Coel den Abend nicht genießen konnte. Tiana war nicht hier. Sie war nicht gekommen, hatte sich auch nicht gemeldet. Scheinbar war sie so sauer auf ihn, dass sie ihm nicht einmal eine Nachricht schreiben wollte. Er würde sie wohl nie wiedersehen. Diese Erkenntnis schmerzte Coel so sehr, dass er eine Träne wegwischen musste, die ihm beinahe über die Wange gekullert wäre.

Warum tat es so weh, wenn sie nicht bei ihm war? Genau genommen, wusste er, warum. Doch er wollte es nicht wahrhaben. Dieser verdammte Unfall, durch den sich so vieles geändert hatte. Er würde nie wieder in ein Fahrzeug steigen, um nicht noch einmal das Leben von anderen zu gefährden. Wenn jemand starb, war das Schicksal derjenigen, die zurückblieben, wesentlich grauenvoller. Diese Einsamkeit und Leere, die man danach fühlte, war unerträglich. Das hatte er durch Tiana gelernt.

«Was soll denn dieses lange Gesicht?», fragte eine Stimme. Als er den Blick hob, stand auf einmal sein Nachbar vor ihm.

«Ähm... David?»

Dieser nickte. «Es wird wohl das letzte Mal sein, dass ich mir diesen Körper borge.»

«Was?»

«Es ist Zeit für mich, Coel. Ich muss gehen.»

«Nein, du bist doch mein...»

«Tiana musste damit abschließen. Und das hat sie.»

Coel wurde klar, was das bedeutete. Er musste sich wirklich von David verabschieden. Er schritt auf ihn zu und umarmte ihn. Ganz fest.

«Du wirst mir fehlen», gab er gepresst von sich und musste laut schlucken.

David erwiderte seine Umarmung und atmete einmal tief durch. «Du mir auch, mein Freund. Du mir auch.» Als er den Griff löste, grinste er Coel breit entgegen. «Aber ich lasse dich nicht alleine zurück.» Er drehte sich zur Seite. «Ich habe jemanden mitgebracht.»

Coel blickte an seinem Nachbarn vorbei und dort zwischen all den Menschen, seinen Freunden, seiner Familie, entdeckte er sie. Ihre langen roten Haare, ihre wunderschönen blauen Augen. Sie trug das Kleid, das sie bei ihrer ersten Begegnung getragen hatte.

«Tiana?»

Als sie sich umdrehte und ihn sah, rannte sie auf ihn zu und fiel ihm um den Hals. Coel wusste nicht so recht, wie ihm geschah. War sie noch wütend auf ihn?

Sie blickte ihm tief in die Augen und drückte ihre Lippen fest auf seine. Dann ließ sie von ihm ab. «Happy Birthday, Coel.» Ihr Blick sagte so viel mehr als Worte. Nein, sie war nicht mehr sauer.

«Es tut mir leid, dass ich dir nicht geglaubt habe. David hat mir alles erzählt.»

Überrascht starrte er ihr entgegen, löste jedoch die Umarmung nicht. «Er war bei dir? David?»

«Ja. Ich konnte mich endlich von ihm verabschieden.» Tiana löste sich von ihm und nahm seine Hände in ihre. «Es war nicht deine Schuld, Coel. David ist dieser Meinung und ich bin es auch.»

In diesem Moment fiel ihm ein, dass David noch neben ihm stand, und er wandte sich um, doch sein Schutzengel war fort.

«Wen suchst du denn?», fragte Tiana und kicherte.

«David, er... Er ist wohl gegangen.»

«Ja, es scheint so», bestätigte sie.

«Er hat endlich seine Ruhe gefunden», bemerkte Coel und sah aus dem Fenster.

«Ja. Und wir haben uns gefunden.»

Coel wusste nichts zu erwidern, bis er einen leichten Druck um seine Hände fühlte und Tiana wieder ansah.

«Kannst du mir verzeihen?», fragte er vorsichtig.

«Das habe ich längst. Ich war einfach... verletzt, weil ich...» Sie blickte ihm tief in die Augen. «Coel, ich liebe dich.»

Sie schlang ihre Arme um seinen Hals und streckte sich ihm entgegen. Dann legte sie ihre Lippen sanft auf seine und küsste ihn. Und Coel erwiderte es. Fest drückte er sie an sich. In diesem Augenblick gab es nur noch Tiana und ihn. Diese tiefe Verbundenheit, die er spürte, diese Liebe. Mehr brauchte er nicht.

Langsam löste Coel sich von ihr und sah sie verliebt an. «Ich liebe dich auch, Tiana.»

Sie tauschten einen langen und leidenschaftlichen Kuss miteinander, während neben ihnen eine Feder am Boden landete.

Über die Autorin

Seit ihrer Kindheit schreibt die Linzerin mit großer Leidenschaft Geschichten. Doch nicht nur das Schreiben, sondern auch Fremdsprachen gehören zu ihren großen Interessen.

In ihrer Freizeit beschäftigt sie sich viel mit dem Mittelalter, weshalb sie in ihre Romane auch gerne historische Aspekte miteinfließen lässt.

Aber auch die vielen fremden Orte und Länder, die sie mit ihrem Mann oft bereist, finden sich in ihren Geschichten wieder.

«Itaria – Die Suche nach der Wahrheit» ist der Auftakt zu ihrer ersten Fantasy-Trilogie, welche sie unter ihrem Pseudonym und früheren Namen Natascha Vuleta veröffentlicht hat.

Mehr über die Autorin:
www.nataschavuleta.at
www.facebook.com/nataschavuleta.at
www.instagram.com/natascha_vuleta_autorin

Weitere Bücher von Natascha Vuleta

Itaria – Die Suche nach der Wahrheit

Kilian, ein junger Krieger, lebt mit seinem Großvater in Kortas, der Hauptstadt von Saboran, dem Land der Menschen. Doch ist er nur zur Hälfte ein Mensch. Als Kilians Großvater im Sterben liegt, vermacht er seinem Enkelsohn eine Weltkarte, die ihn durch ganz Itaria führen soll. Sein Auftrag ist es, nach einer weisen Frau zu suchen, die ihm seine wahre Identität preisgeben kann. Und so macht sich Kilian auf den Weg, auf die Suche nach der Wahrheit. Doch die Reise birgt viele Gefahren. Je weiter Kilian in den Süden kommt, desto mehr scheint sich dort ein dunkler Schatten über das Land gelegt zu haben. Und er scheint mehr darin verwickelt zu sein, als er ahnt...

Band 1 der Itaria-Reihe
412 Seiten, Taschenbuch / Paperback, BoD – Books on Demand
ISBN: 9783750421899

ITARIA
EINE NEUE KRAFT

NATASCHA VULETA

Itaria – Eine neue Kraft

Was tust du, wenn das Schicksal dich auffordert, gegen deine eigene Familie zu kämpfen?
Niemand hätte gedacht, dass Drakar erst der Anfang allen Übels war. Abermals hält eine dunkle und mächtige Kraft die Fäden in der Hand und will ganz Itaria nach ihren Vorstellungen formen.

Auf der Suche nach ihren Eltern, versuchen Taran, Lira und ihre Verbündeten einen Weg zu finden, das Böse endgültig zu besiegen. Schon bald erkennen sie, welch dunkler Pfad vor ihnen liegt, und doch ist es die einzige Möglichkeit, ihre Eltern zu retten. Als Lira von der Gruppe getrennt wird und einem Gebirgselfen namens Akron begegnet, muss sie all ihren Mut zusammennehmen und sich ihren größten Ängsten stellen.

Auch Taran wird auf eine harte Probe gestellt und verliert dabei beinahe den Verstand...

Band 2 der Itaria-Reihe
412 Seiten, Taschenbuch / Paperback, BoD – Books on Demand
ISBN: 9783738624335